关西塞上踏歌声

黄全华 著

中国文史出版社

作者简介 >>

黄全华　笔名勇士。1954 年生，湖北省浠水县人。曾任新疆哈密盐化总厂塑料编织厂书记兼厂长，现任哈密华义铁修有限责任公司董事长兼总经理。系湖北省中华诗词学会会员，东坡赤壁诗社社员，浠水县诗词学会会员。其诗词作品散见于《湖北诗词》《东坡赤壁诗词》《清泉诗词》《中国诗歌网》以及都市头条等书刊和网络平台。

2007 年 10 月本书作者黄全华和夫人董书文在铁道部疗养院

　　新疆哈密华义铁修有限责任公司成立于1993年。图为公司大门

　　华义公司先后参加了兰新线、南疆线、北疆线等铁路工程的兴建和维修等大中型施工，经历了中国铁路一至六次普线大提速工程建设时期，参与了中铁一局、二局、十五局、二十一局、二十四局等疆内新线工程，累计维修铁路线 5000 多公里

　　2007年，兰新铁路第二双线贯通。这是作者所在华义铁修公司千名员工铺设铁轨的壮观场景

目　　录

1

卷二　新疆情怀

3

卷三 杂咏感怀

4

卷四　物候寄兴

6

7

卷五 桑梓情深

9

卷六　亲情友谊

11

卷七　览胜抒怀

13

卷八　缅怀纪念

序

杨庆春①

无论是"多贱多穷多苦辛"的唐朝诗人白居易，还是"莫年身世寄农桑"的宋代词人陆游，他们不是"爱琴爱酒爱诗客"，就是"少读诗书陋汉唐"。这些事例表明，中国人对诗词的喜爱，不在于你的身份是"士农工商"或"工农商学兵"，而是只要兴趣在"少读诗书""爱酒爱诗"上，就能做到"熟读唐诗三百首，不会作诗也会吟"。

我属于"翻阅古诗三百首，不会作诗也爱读"之徒，甚至爱屋及乌，连《诗词例话》之类的图书也常翻翻。不知不觉间，我自己都能闻到自己的品诗趣味渐渐向"时代边缘游走的诗人"方面浓厚起来，即使他们并非"诗歌史里寂寞的巨人"，我亦爱读他们的诗篇词作，像钱锺书编选的唐诗集里，就选编了许多不知名诗人的诗作，一样让我读得如痴如醉，受益匪浅。

一

我与友人董君晓勋虽以文字订交三十年，但相聚时似乎从未讨论过古典诗词这个话题，不说对哪一位诗家词人

---

① 原空军报社社长，高级编辑。

的喜爱，就是对哪怕一首诗词的欣赏或偏爱，都不曾谈及。是相谈的话题太多，还是来不及触景生"题"，略过了诗话？

晓勋和我分别出生于鄂之浠水与皖之宿松，但地理上很近，皆属于古荆楚大地，文化与乡音上同属一脉。于是，我们两人自相识以来，就一直很聊得来，即使相互插科打诨，也立马心领神会，忍俊不禁。他可能不知道宿松县有"诗歌之乡"的美称（中国诗歌学会2008年11月授予），也不十分清楚杨老哥受家乡诗海词墨熏染有多少，但对来自宿松的愚兄对旧体诗词有话可说，他心里一定有数，因为浠水县有"中华诗词之乡"的美誉，所以，就在2022年10月中旬的一天晚上，他从微信里转来这部电子版的黄全华诗词选集《关西塞上踏歌声》。

此前，晓勋在电话里对黄全华同志本人及这部诗词集简单做了交代。黄全华与晓勋不仅是同乡，而且是姻亲，晓勋对黄全华的人生幸福、事业发展与边疆奋斗等方面齐头并进十分钦佩，尤其是对他在繁忙的创业之外创作出如此多又美的诗词非常感动，意欲让我写几句读后感。我不敢马上欣然允诺，也没有坚决推辞，有点不置可否，因为我既没有见过诗人，也没有看过作品，纵有千言万语，亦不知从何说起。当我把《关西塞上踏歌声》从手机上转入电脑浏览后，不紧不慢地给晓勋回了微信："我以为是现代诗，初览全为旧体诗，值得好好学习后找灵感。"

京城疫情防控一直紧绷，而我的灵感却时断时续。好不容易在家里电脑上开了头，因要转移到老人府上去陪伴年迈的岳母，开头难又变成了过程艰。加上自己也年过半百，灵感的春水已难得搅活，好似为偷懒找到了很合适的借口，就向晓勋提要求："请你再发一点黄先生的情况和材

2

料给我，好让我对他有些了解，网上搜不了太多。若是你自己的作品要写几句话，我会很快。"他回答得很干脆："好!"但过了很久却半字不见。这似乎又为我找到了一拖再拖的理由。

晓勋依然每天都有微信问候，我也以网上新鲜段子回复，只是像睡着了一样装着不提"从前"，等着慢慢淡忘吧。又是十多天过去了，突然有一天，他催问起作业做得怎么样，我全然找不到搪塞的托词，只得悄无声息地系统地把这部诗词选重新好好阅读一遍。

二

事业与诗词齐飞，人生共边疆一色。这是我读完《关西塞上踏歌声》诗词集最深刻的印象和最强烈的感受。作者黄全华，作为一名颇具成就的实业家，在企业发展壮大的过程中，把付出的心血与汗水融于笔端，隔三岔五地倾情挥毫抒写着边疆与人生的况味，凝结而成的诗篇散见于《湖北诗词》《东坡赤壁诗词》《清泉诗词》以及"中国诗歌网""都市头条"等书刊和网络平台，让更多的人感受作者的"新疆情怀"与"桑梓情深"。

这部诗词集共八个部分，分别是"时代心声""新疆情怀""杂咏感怀""物候寄兴""桑梓情深""亲情友谊""览胜抒怀""缅怀纪念"。每一部分除了五古、七古、绝句、律诗外，大多是词。在第一部分"时代心声"中，词牌数目就达三十二个之多，包括"渔家傲""一剪梅""苏幕遮""满江红""踏莎行""念奴娇""采桑子""满庭芳""八宝妆""浪淘沙""水调歌头""清平乐""西江月""蝶恋花""沁园春""鹧鸪天""临江仙""贺新郎""诉衷情""摸鱼儿""生查子""浣溪沙""玉楼春""高阳台""齐天乐""意难忘""声声慢""喝火令""忆秦娥""行香子""莺啼序""破阵子"。对古典词牌信手拈来，随心所欲地我手写我心，仅此一项，足可证明黄全华同志诗路开阔、词达意丰、功底深厚。

诗是什么？黄全华有创作于 2020 年 6 月 23 日的《诗咏志》：

> 贪念必蒙尘，诗情写本真。
> 守成是志者，旷达作贤人。
> 尚溺豪筵趣，焉能泽畔吟。
> 欲修真国士，先弃宴中珍。
>
> 人老精神在，心痴义未衰。
> 还期千里愿，尚有一书怀。
> 壮笔春秋史，良言社稷才。
> 浩然山海气，伴我素行来。

"诗情写本真""心痴义未衰""浩然山海气"，就此三两句，即可体会到黄全华同志的诗心：诗是一种言说心志的语言，既能抒发情思表达情感，又能利于"歌之舞之复蹈之"（陈普诗）。词是诗的别体，萌芽于南朝，经隋唐时兴，至宋乃至全盛时期。词最初称为"曲子词"，往往更利于"言之不足，歌之，歌之不足，舞之蹈之"。"大美新疆"乃歌舞之乡，在这个部分，词的分量分外重，或许大多是作为配合民乐而填写的"歌诗"吧。

旧体诗，一如古体诗、近体诗（今体诗）等多种体式，对中国传统的格律要求甚严。当代人写旧体诗，已大多不讲究平仄。若这算无可厚非的话，那么讲求押韵就不是求全责备了。现当代人写现代诗或者新诗，把押韵称为"戴着镣铐跳舞"，于是顺从者甘愿"戴着"，反抗者则弃之如敝屣，在诗歌理论和创作实践上都坚定不从。至于现代诗或新诗，是否一定要有韵，众说纷纭。我以为"纷纭"很好，只要诗意真，韵少不要紧。

既然叫诗，诗意第一。旧人旧办法，写旧体诗至少要押韵。古人吟诗填词，身边少不了一册韵书。无论切韵或广韵，首先要掌握宽韵；若要以此显本领，可有意选择窄韵；如能追步苏东坡，则不妨押押险韵。"善着一韵，尽得风流"，即称神韵。语言学家王力先生说："不善于押韵的人，往往为韵所困，有时不免凑韵（趁韵）。善于押韵的人正相反，他能出奇制胜，不但用韵用得自然，而且因利乘便，就借这个韵脚来显示立意的清新。"这本诗词集，无论主从通韵，还是偶然出韵，无论高情远韵，还是清音幽韵，虽不敢说韵脚完美，但都十分合韵。可见，黄全华是位善于押韵的诗人，无愧于浠水这个"中华诗词之乡"的滋养。

三

诗人擅押韵，"踏歌"亦在行。这也算另一种通感吧。

"踏歌"，中国传统民间舞蹈，又名跳歌、打歌等等。从汉唐一路广泛流传至宋，所谓"丰年人乐业，陇上踏歌行"（王安石诗）。舞者成群结队，踏地为节，联袂而舞，顿足踏歌，拍手相和，又歌又舞，以舞为主。我最先听到的"踏歌"声，来自于唐朝诗人李白的这首脍炙人口的赠别诗：

李白乘舟将欲行，忽闻岸上踏歌声。
桃花潭水深千尺，不及汪伦送我情。

李白在欢歌笑语、边歌边舞的"踏歌"声中惜别友人，不仅以诗证明了送别场面的盛大，而且让诗见证了难以忘怀的深情。后来，我从不同诗词中依稀还闻"踏歌"声，如"踏歌声度晓云边"（宋·李彭老）、"谁家楼上踏歌声"（明·吴孺子）、"断肠何处踏歌声"（清·蒋春霖），总感觉不及李白"踏歌声里别汪伦"那样"重现诗情笔意新"（宛敏灏）。而今"电阅"（从电脑上阅读而非"捧读"）身边这部《关西塞上踏歌声》，我又会有什么样的新感受呢？

书名《关西塞外踏歌声》，取自作者 2019 年 7 月 27 日创作、2021 年 5 月 24 日发表在中国诗歌网上的这首七律《塞上感怀》中的首联：

关西塞上踏歌声，高调秦腔百感生。
玉帐枕戈人万里，铁修掖钻夜三更。
忠心爱国显身手，硕果优才转帐营。
猎猎旌旗天际远，云边鸿雁岂归程。

"三十功名尘与土，八千里路云和月。"（岳飞词）黄全华同志正当青春勃发之时，远离乡关"人万里"，在"关西塞外"重新创业，于 1993 年成立新疆哈密华义铁修有限责任公司，为边疆大动脉的畅通奉献自己的智慧和才情。他的事业，他的生活，构建他丰富多彩、岁月如歌的人生。

人生况味经霜多，唯有诗情叙短长。在新疆这片广袤神奇的大地上，长河日圆的塞外风光，边歌边舞的民族风情，作者本身的诗人风范，"高调"吟诵一首"塞外感怀"，感叹诗人自己虽非生于斯却已融入斯，斯诗从此生，诗里自然从他乡之景生出故乡之情，难忘故乡人。起句即以"踏歌"入诗，不是诗眼，胜过诗眼。酸甜苦辣咸，五味杂陈；琴棋书画舞，百感交集。这人生的五味与百感，诗人皆曾品尝。正因平日里为人低调，而今在这诗里，不用节制，无须收敛，一如秦腔一样豪放地大吼一声。这声"高调"，正是"高调秦筝一两弄"（白居易诗），自由自在地发出高音，自然轻松地释放自己；这声"高调"，也是"乃知高调难随俗"（梅尧臣诗），今人写旧体诗，曲高和寡，实属不易；这声"高调"，更是高调做事"显身手"，无论"玉帐枕戈"，还是"铁修披钻"，皆因"忠心爱国"。

颔联写实，颈联概括。颔联描春华，颈联话秋收。颔联是事，常事苦事夜里事，急事难事挠头事，事事再难都愿做；颈联是果，没有恶果苦果禁果，只有善果甜果成果，皆因自食其力，所以不用自食其果。

诗人的诗意倾吐心意，读者的心意追随诗意。在遥远的他乡，既然"硕果累累"，就算功成名就了吧，但天边那"猎猎旌旗"仍在召唤，我只好继续整装出发。"云边鸿雁"哪有"归程"？游子思乡哪有理由？因为他乡如故乡，"尘尘皆宝所，处处是家乡"（释惟一偈）。出生于荆楚之地的诗人，与大美新疆已融为一体了。

爱国爱乡，还分什么他乡与故乡？"此心安处是吾乡。"（苏轼词）巴金先生说："我们的祖国并不是人间乐园，但是每一个中国人都有责任把她建设成人间乐园。"做一个流汗出力的建设者吧，建设者就是爱国者。诗人黄全华，真诚爱中华。他爱的心路，从内地延伸到边疆；他爱的历程，从青春勃发到年过花甲；他爱的事迹，在他写给吾乡吾民的诗行里闪光……

我如此细读品析第二部分"新疆情怀"中这首《塞上感怀》，一是因这首诗的首联点了本诗词集的名："关西塞外踏歌声"；二是因这首诗本身的基调就是本诗词集的主调：时代、家国、景物、事功、感怀（情怀、抒怀、缅怀）。一诗现主题，我意必察之。

四

鲁迅先生说："还有一样最能引读者入于迷途的，是'摘句'。它往往是衣裳上撕下来的一块绣花，经摘取者一吹嘘或附会，说是怎样超然物外，与尘世浊无干，读者没有见过全体，便也被他弄得迷离惝恍。最显著的便是上文说过的'悠然见南山'的例子，忘记了陶潜的《述酒》和《读山海经》等诗，捏成他单是个飘飘然，就是这摘句作怪。"古典诗词文论家周振甫在《诗词例话》中概括鲁迅先生指出摘句的两种毛病：第一种是摘出几句诗，用它来说明作者全部作品或作者这个人的风格特点；第二种是摘出几句诗，用它来说明全篇作品的风格特点，有时也有片面性的毛病。

总之，只要"尽量注意避免以偏概全"的问题，诗话里谈诗，往往采用摘句；而谈诗中的修辞手法，自然可以摘句。从一部旧体诗词集里读出自己的感觉与味道、感受与体会，做一回"寻章摘句老雕虫"（李贺诗），是值得的，也是必须的。只怕"雕虫小技"，摘而不当，千万别摘出蹊跷。

那就努力做"老雕虫"，摘出重点，争取不点金成铁。

胡适先生说："看人家诗的好坏，要先看他的绝句。绝句写好了，别的或能写得好；绝句写不好，别的一定写不好。"这本诗词集里，绝句量虽不大，但总的来说是写得好的。

比如："光阴如复制，日日怨平庸。一样寻常景，有诗便不同。"（《光阴》）"花稀树寥落，牵绊渐不多。临顶心愈平，云淡景自阔。"（《登顶》）"心静平湖水，身闲岭上云。若问平生事，敢为大漠人。"（《感怀》）这几首五绝，无论感叹时间、感喟景致、感怀人生，都自然、亲切、美妙，不做作、不涂饰、不堆砌。

比如《语对青山》这首七绝：

> 洞开窗牖对青山，日日青山入眼帘。
> 我问青山何日老，青山笑我几时闲。

句句"青山"字字情。诗人把青山拟人化，将自己的感情寄托在青山的高洁之中。诗人建设青山的心永不会老，当然也就没有闲下来的工夫。青山啊，你也不会老！"我见青山多妩媚，料青山见我应如是。"（辛弃疾词）古今诗人与青山的情感一脉相连，只因为青山是高尚人格的象征。

比如七绝《钓意》：

> 入世人生浮与沉，长竿稳执尽心神。
> 且将书史揉为饵，谁钓江山谁钓云。

古诗词中，有关"钓"的名诗名句很多。不管是储光羲"垂钓绿湾春"，还是柳宗元"独钓寒江雪"，不管是陆游"只将渔钓送年华",还是王士禛"一人独钓一江秋",这些诗句,虽然表达了诗人希望摆脱世俗、置身事外的个人思想,向往潇洒自在、无拘无束的处世精神,但现实生活羁绊了他们的希望和向往,他们越发在困惑和矛盾中找寻解决问题的钥匙,总也相信雪后初霁、春光迷人。而今人黄全华面对人生的"浮与沉",不管是稳"钓江山"还是闲坐"钓云",他都无意于沽名钓誉,因为他真正的"钓意"是"且将书史揉为饵",专注于"长竿稳执尽心神"。

叶嘉莹先生在《名家谈诗词·总序》中说:读诗、讲诗有三个层次。第一个是直觉的、感性的;第二个是知性的、理性的,即考察一首诗的历史、背景、思想;第三个是完全从读者角度来读,对一首诗的诠释不一定是作者原来的意思。我理解为,越是一首好诗,让读者解读的空间越大,出现"创造性背离"的机会就越多。黄全华同志的诗与词,倘若产生了我的歪解,我也算从叶先生这里找到了理论依据。

五

"律诗,用典的文章,故意叫人看不懂,所以没有文学的价值",胡适先生主张,"第一要明白清楚,第二要有力量,第三要美,文章写得明白清楚,才有力量;有力量的文章,才能叫作美,如果不明白清楚,就没有力量,也就没有美了"。他以自己的《尝试集》和白居易的诗举例,强调"看得懂"和"听得懂"的重要性。他说:"我的《尝试集》,当年是大胆的尝试,看看能否把我的思想用诗来表达出来;如果朋友都看不懂,那成什么诗?白居易的诗，老太婆都能听得懂；西洋诗人也都如此，总要使现代人都能懂，大众化。"

白居易的诗歌风格，首先是"语言通俗优美，音调和谐动听"。有论者指出他是将诗歌从高雅深奥的艺术殿堂引向大众和流行，开启诗歌创作通俗易懂新局面的第一人。他的诗歌代表作《长恨歌》和《琵琶行》，不仅连老太婆都听得懂，而且在他去世后连皇帝也赞他的诗歌"童子解吟""胡儿能唱"。唐宣宗李忱《吊白居易》：

缀玉联珠六十年，谁教冥路作诗仙？
浮云不系名居易，造化无为字乐天。
童子解吟长恨曲，胡儿能唱琵琶篇。
文章已满行人耳，一度思卿一怆然。

诗歌深入人心，得益于诗歌理论的指引。在《新乐府序》中，白居易明确指出作诗的标准是："其辞质而径，欲见之者易谕也；其言直而切，欲闻之者深诫也；其事核而实，使采之者传信也；其体顺而肆，可以播于乐章歌曲也。"在这里，他分别强调了语言须质朴通俗，议论须直白显露，写事须绝假纯真，形式须流利畅达，具有歌谣色彩，让听者读者易于明白和接受。也就是说，诗歌必须既写得真实可信，又浅显易懂，还便于入乐歌唱，才算达到了极致。白居易对诗歌提出的这些要求，目的只有一个，"为君、为臣、为民、为物、为事而作，不为文而作也"，也就是"文章合为时而著，歌诗合为事而作"。

从黄全华同志这本诗词集来看，我想，唐代诗人白居易一定是他诗歌创作中心仪私淑的对象之一。黄全华的诗

11

歌来源于生活，直陈其事，并能以小见大，从而揭示出隐藏在生活之中的来龙去脉，进而传扬了语言明白晓畅、叙事平白真实、抒情洁白纯正、议论直白爽快的白居易诗风。

黄全华诗歌语言的通俗易懂，还表现在吸收口语、不避俗字上，犹如打油诗的风格。在我有限的现当代文学阅读中，对《鲁迅诗全编》（浙江文艺出版社1991年10月版）和《聂绀弩诗全编》（学林出版社1992年12月版）曾很虔诚地拜读，其中旧体诗虽大都是格律完整的律诗，杂用典故也不少，但完全因让人能看明白所以就懂得其深意之所在，这也是中国古体诗的最好传承。诗人邵燕祥对当代诗家写旧体诗有一个可贵的发现："聂绀弩、荒芜、黄苗子、杨宪益，还有唐大郎（刘郎）等许多位当代诗家，偏偏都把自己的作品称为打油诗，却不仅是不避俚俗。"邵先生更干脆，直接称自己的旧体诗集为《邵燕祥诗抄·打油诗》（广西师范大学出版社2005年9月版），"主要是缘于对中国源远流长的诗歌传统的敬畏"。名曰打油诗，最早为唐人张打油所作的《咏雪》："江上一笼统，井上黑窟窿。黄狗身上白，白狗身上肿。"除了自谦而自称，必有一定之规：出语俚俗、诙谐幽默、小巧有趣。诗词选集《关西塞上踏歌声》就选辑了2019年这一年内创作的想必也是作者自珍自爱、我所认同欣赏的三首"打油诗"：

第一首是《赠亦之》：

> 我的底稿帮我藏，有朝一日再品尝。
> 工作忙碌随风去，待有休闲慰彷徨。

容我只评一句：这个诗题好好啊！

第二首为《自嘲》：

> 流光过隙把人抛，回首路程唯自嘲。
> 历经风波浊声绕，犹叹云雾小诗敲。
> 寻常日子织成梦，半百年轮偏少肴。
> 去去去兮皆过去，胸有诗书趣自淘。

"去去去兮皆过去"，从这一言半句里，我看到的诗人风貌不是"回首路程唯自嘲"，而是"腹有诗书气自华"（苏轼诗）。

第三首曰《午间自得》：

> 抹去竹席埃尘，躺下肤凉心静。
> 管他熏风搜身，我自闭目养神。

"自嘲"得不够，还要"自得"呢，这恰是诗人的自信。所以，我称这些诗为打油诗，恰恰也投合了中国第一个白话诗人胡适对诗歌创作的要求，无论写新诗，还是作旧诗，都要"明白清楚、有力量、要美"。如果说只会写新诗的胡适对作旧诗的要求不算权威的话，那么既会写现代诗又擅作旧体诗的鲁迅对诗歌创作提出的法则就更能令人信服："诗须有形式，要易记，易懂，易唱，动听，但格式不要太严。要有韵，但不必依旧诗韵，只要顺口就好。"黄全华同志的旧体诗创作，很好地遵循了鲁迅的这一法则。

六

经师易逢，人师难遇。诗话大师顾随劝年轻人"少读伤感的诗"。这里"少"，是"多少"的"少"，而不是"老少"的"少"。一如文学大师鲁迅劝年轻人"少读中国书"，是因为他提倡他们要"做好事之徒"一样有道理。顾先生对年轻人说，诗中的伤感，就像抽大烟，最害人而最不容易去掉。我年轻时常读朦胧诗，也不抵触"伤痕文学"，而今年近花甲，更是不惧"伤感的诗"，即使读起充满能量、激情满怀的诗与词，也不容易高亢起来了。

"最为不幸的人被苦难抚育成了诗人，他们把从苦难中学到的东西用诗歌教给别人。"（雪莱语）年纪越大，越能理解孔子"诗，可以兴，可以观，可以群，可以怨"的教导。自此一路"兴观群怨"，至白居易"志在兼济，行在独善。奉而始终之则为道，言而发明之则为诗。谓之讽喻诗，兼济之志也；谓之闲适诗，独善之义也"（《与元九书》）。既然苦难中饱含眼泪与伤心，诗作里必不全然是欢笑和抚慰。品读过黄全华同志"自嘲"与"自得"的"闲适"后，再来领略一下他的"兼济之志"，哪怕管中窥豹，也不至完全偏于一面。

新冠疫情渐渐被防控住了，三年来，诗人黄全华身临"多事之秋"，像有识之士一样"心忧"不已，以下填于2020年封控期间的两首词可见一斑：

鹧鸪天·多事之秋即事

毒疫庚年劫闹城，休鞍歇马强安宁。闲磨寸砚书尘世，野菊墙边静作邻。

因继夜，却慵身，檐垂宿寂锁重门。语传志愿送秋菜，欣喜红椒一味辛。

浪淘沙·心忧

封堵业屏柔，疫袭城羞，时光一去岂能留？试问别来多少恨，酸楚心忧。

近日疫抬头，抵死萦愁，何时晴朗悦高楼？瀚海蜃楼还不梦，争奈临秋。

正当我在用心写这篇读后感的时候，黄全华同志给我传来了他新写的三首词，一首是《生查子·愁情》：

歇工心酸酸，回乡路漫漫。壮志未成酬，虎年多生变。

惊寒又愁情，恍惚移日转。但到卯春时，再赴山河宴。

又一首是《临江仙·时光》：

大疫三年多变化，门清路断残阳。成妖怪象暗枭强。江山如此大，市井叹荒凉。

只是无声心滴血，森森寒夜漫长。涛声依旧不平常。风波涤荡后，再度夺时光。

还有一首是《高阳台·梅趣》：

寒潮夜袭，神功幻影，雪沃戈壁荒滩。瀚海无际，沙丘起伏连环。梅雪暗约相对出，都齐在，冻地关山。摇香冷，料峭黄昏，月冷无眠。

尽颂梅洁千年，李杜情趣致，暗补香天。春牡秋菊，谁送北国严寒。寒光瑞色梅当守，凭傲骨，独占花间。最晓得，匠心独具，点艳寒天。

这样的词风、词意、词境，是我喜欢的，首先因其韵味十足，朗朗上口，境识俱遣，意味深长。或许因为自己不久前阅读过日本中国文学研究家兴膳宏写的《杜甫：超越忧愁的诗人》（生活·读书·新知三联书店 2022 年 1 月版），加之刚刚选读过田晓菲主编的《九家读杜诗》（生活·读书·新知三联书店 2022 年 8 月版），我在品读黄全华同志的这几首词时仿佛嗅到了杜甫味，尽管一家是词，一家是诗，但一样充满了忧愁又超越了忧愁，一样叙述着民间疾苦又坚守着中国诗的传统，也还让人存有向春光明媚的地方奔走的念想。特别是"风波涤荡后，再度夺时光"，站在"高阳台"上观赏着"梅趣"，我们和诗人一样感同身受："最晓得，匠心独具，点艳寒天。"

只要有光，我们的生活就能亮堂起来。黄全华同志的一首哲理诗《感悟》这样说："闭上自己的眼睛，不见得就是黑暗。遮住别人的眼睛，不见得得到光明！"让我们别"遮住别人的眼睛"，让我们来敞开自己的心扉，让我们一起拥抱光明的未来！

谨序。

2022 年 12 月 9 日改订于京城寓所

卷一 时代心声

渔家傲·写在双节同庆之日

塞下秋风生浩气，南归大雁自真意，一带一路军号起。千万里，长车呼啸穿洲际。　　月朗星稀无可比，青空碧宇银铺地，一曲黄河心坎里。国人起，全民圆梦成趋势！

2017 年 10 月

一剪梅·正春节令好时辰

正月春风万里新。明媚阳光，天阔云轻。山河绿染九州荣。快乐如歌，天道酬勤。　　举国神州亿万民。雨读晴耕，智慧聪明。正春节令好时辰。杨柳轻风，却是多情。

2018 年 2 月 22 日

踏莎行·大雪节里听呼声

塞上风寒，高原雪漫。松涛万里冰凌灿。丝绸古道起新篇，中欧班列欢呼远。　　唱和中欧，局开新面。大国智慧云旗卷。承先启后看今人，双赢正向天边染。

2018 年 12 月 7 日

念奴娇·参观改革开放四十年展馆感怀

神州今日，展功绩、华夏兴高采烈。砥砺开放四十载，万水千山飞跃。黄河长江，风雷激荡，凝聚心和热。雄狮昂醒，五星红旗飘猎。　　喜看锦绣中华，民生和谐，民族大团结。沧海一粟堪自慰，五岭情融翻雪。扬志激情，承前启后，磅礴摇山岳。九天可上，五洋能捉鳌鳖！

2018 年 12 月 21 日

满江红·迎军运登楼感赋

万里西风，吹人上、白云黄鹤。迎军运、焕然换貌，生机蓬勃。八处商船皆竞渡，鹦哥野鸭滩边落。匾额厅、崔颢白仙来，今犹昨。　　寒风紧，江雾阔。前途远，休耽搁。平生愿、定切切休离却。岁月无多忧便老，江流日夜欢歌乐。盛逢时、三镇起宏图，江城跃！

2018 年 12 月 27 日

采桑子·新春致礼 (二首)①

寒梅绽蕊春雷动，暖意融融。吹尽残冬，散入千门万户中。　　年年诗意描沧海，笔下情浓。岁月宽容，流动中华唱大风。

晨曦破晓红旗展，正量传中。南北西东，处处韶光照映空。　　乱云飞渡何须管，步履从容。筑梦恢宏，且看今朝扬正风。

2019 年 1 月 2 日

① 走遍江南北国，倍感祖国和谐昌盛。在元旦新年，祝福祖国，祝福人民，在党的指引下，携手阔步前行，幸福安康至远！

与时俱进

自立人间别畏难，与时俱进莫安闲。
开蒙启智尊师导，正本清源作俊贤。
律育后昆识廉耻，亮明心眼辨忠奸。
退休起步纳新宇，故友亲朋叙旧缘。

2019 年 1 月 7 日

我的祖国

塞北飘风雪，萧萧动茂林。
人生有正气，动止认初心。
军中宜战鼓，塞上重笳音。
勇士边陲将，心藏大国魂。

2019 年 1 月 9 日

满庭芳·和谐神州

　　天上流云，河中激浪，铁龙长啸穿州。远山呼唤，春色应常留。一路群山桥隧，车过处、惊雀枝头。凭心问，当今高铁，谁与夺头筹？　　中华兴国策，振兴伟业，砥砺无休。想当年，六次提速奔流。更有千军万马，任来去、谁可争游？勤铺路，铁龙为系，和谐满神州！

2019 年 1 月 29 日

八宝妆·春思

　　望远思春，晨曦处、微茫水满烟汀。冰凌疏柳，犹带数点残莹。风动丝帘谁与共，信鸿断续两三声。夜深沉，顿凉骤觉，执扇多情。　　还思骖鸾素约，念风萧雁过，惜取今生。旧日君友，双鬓半已星星。琴心镜意祝福，怎奈得春风老树醒。山谷冷，梦成真花令，韵自吟成。

2019 年 2 月 9 日

月 生 圆①

梅报新春入院庭，春风春意弄醒人。

河塘微皱冰还合，蒌草当车绿未成。

趁早出行好清爽，谋生路上又风尘。

偷闲且上高山望，寂旷戈滩待月生。

2019 年 2 月 13 日

"三八"写意

时逢三八绽芳葩，女换春装更着纱。

常使妩媚心劲在，人逢盛景好年华。

2019 年 3 月 8 日

---

① 千百年习俗，过完正月十五，农人才打理出行。然而，当今时代，平台处处，招手乡亲，共谋前程。正月初几，虽春寒依旧，返城的农民工兴致依然，风尘仆仆，寻梦好年景，奔向好前程，期待年终满满金！

浪淘沙·"三八"女神

艳丽玉亭亭，芳魄清清，恰如桃李艳相争。脂粉黛眉妆美色，静谧神凝。　　岁月暂留停，花自香馨，风流不减二乔名。空锁曹公铜雀恨，休怨风轻。

2019 年 3 月 8 日

水调歌头·国运泰来

天地本无际，南北竞谁分？一带一路，中华铁轨越昆仑。却似山川彩带，又有客货站点，集挤大国门。巧借共商力，驱动大国魂。　　揽中欧，奔西行，宏策明。看来天意，恼得敌人咽气吞。三共①国策并举，唤醒穷朋阔佬，双赢面芳尊。孟夏华为雨，一洗百年尘。

2019 年 6 月 8 日

---

① 三共，指共商、共建、共享。

9

满江红·颂党九十八岁华诞

盛世华庭，旌旗展、鼓簧吹笛。神州颂、党辰九八，巍巍宏绩。三座大山根拔倒，九天飞展鲲鹏翼。正一轮红日起南湖，中流楫。　　山长绿，天长碧。同心干，披荆棘。举镰锤奋进，所向谁敌？企望中华成一统，岂容"台独"阴谋立。天长在、圆梦大中华，终归一。

2019 年 6 月 30 日

"八一"建军节塞上观军团

大漠长天啸，举旌高唱歌。
三军齐振奋，万剑同砺磨。
铁甲雄鹰撼，沙场兵将过。
铿锵九二载，塞外看挥戈。

2019 年 8 月 1 日

水调歌头·国庆盛典联想

中华阅兵展，史迹涌心头。卢沟晓月，七七犹照古城头。利炮击破残梦，血沃中华热土，尸骨异荒丘。国破家园乱，民族面蒙羞。　　黄河吼，长江怒，忾同仇。八年抗战，华夏儿女敢抛头。吾辈永铭先烈，承继千秋基业，居安莫忘忧。喜迎国盛典，威武壮神州！

2019 年 9 月 29 日

西江月·西风阵阵感身凉

霜月高悬碧汉，西风泛指大荒。银河天象夜漫长，户外凉风荡漾。　　戈壁怎生辽阔，雪鸡马鹿黄羊。珍稀灵动助心狂，且与人类共享。

2019 年 10 月 11 日

沁园春·一带一路征途感怀

　　刚沐秋光，又历寒潮，风哮雪飘。望关山积雪，江南远翠。大河上下，不尽滔滔。举国齐心，神州并进，自觉心潮逐浪高。前途灿，览山河秀丽，物景丰饶。　　感吟华夏多娇，欧非亚、精英俱折腰。应大家风范，巧施国策。郑和如在，樯橹帆高。南北西东，梦宏崛起，大地中华展俊豪。暗思绪，比物丰人杰，壮迈今朝。

2019 年 12 月 10 日

鹧鸪天·今日乡村

　　翠竹园林屋后头，牛羊鸡鸭市场售。康居乐业今方羡，玉食华衣人未休。　　新马路，旧沙洲，涓涓溪水奔江流。开来盛世民心悦，精准扶贫壮志酬。

2020 年 1 月 3 日

清平乐·庚子春节携眷从哈密自驾至三亚寓居有作

风高浪快，万里将春载。三亚知春真体态，不识椰林粉黛。 海南闲步滩崖，波涛蓝透悟开。海纳百川风采，人间唤作胸怀。

2020 年 1 月 29 日寓居三亚作

贺新郎·自度

指点江山说。现时空、千村路断，城乡惊阙。自古新年多有礼，今岁庚春谢客。忧国运，拳心殷切。笔墨难抒争究竟，疫情防、上下齐心决。须闭户，守规则。 一时大地萧萧歇。指迷津、南山院士，德高才杰。自叹身微无用处，空有深情热血。三亚远、凄凉音噎。双脚度平居宅路，望银屏、抗疫频转策。无奈语，等新月。

2020 年 2 月 2 日寓居三亚作

13

诉衷情·三亚感怀

椰风淡月，海浪窗前曼啸。高天掠海流云，春景这边独好。谁与寸心同醉？鸥鹭音萦，海岸红灯照。　　三亚好。处处椰林绿草。市清街静，养性怡心岛。善养老。一怀意绪，天涯尽处，回头一笑，来路知多少？

2020 年 2 月 3 日

鹧鸪天·感怀

斜风细雨湿春裳，春回疫肆及池殃。烟凝目断千山失，水击冰消一线光。　　心坦荡，意还伤，心期早日疫消亡。诸门守责春窗静，闭眼开眼入梦乡。

2020 年 2 月 6 日

摸鱼儿·庚子春残

倦于看，微笺多少，思归心绪相唤。君行欲寄天涯路，无奈水遥山远。春过半，定禁足，疫魔正发飙狂窜。摧春一片。又呼吸衰微，人心惊悚，幽叹红尘暗。　　幽封客，漫说归期难算，徒生多少凄怨？何曾见过春风面，岂料燕莺莺懒。庚子战，望夏雨阳和，荷叶池塘满。景清阳显，任信步回栏，阴霾过后，再把笑颜展！

2020 年 2 月 19 日

生查子·禁飞

疫鞭落江堤，绿锦无人羡。脉脉楚云飞，涕泪横飞溅。啮膝盼乡归，伤脑野生宴。蜡泪怨东风，诸户锁飞燕。

2020 年 2 月 20 日

浣溪沙·伤情

朝雨伏寒愁不胜，那能还作柳堤行。春潮枉自抖风盈。
漫将疫期双足禁，酒瓶空且又黄昏。光阴寂寞暗伤情。

2020 年 2 月 20 日

玉楼春·"三八"节

三月八日妇女节，未语春容明似月。人生情意自生痴，
此景应对婵娟说。　　骤雨暴风翻新阕，一曲教来肠欲结。
直须珍重月中花，始共春风相生歇。

2020 年 3 月 8 日

鹧鸪天·望中南

　　新月如弓现暮天，降妖驱疫屹南山。白衣圣洁樱花灿，自向青山湖水寒。　　人世苦，旅途艰，欲将心事挂中南。清光夜夜江河照，冠毒潜消慰世间。

2020 年 3 月 10 日

水调歌头·庆幸避疫

　　百度索警句，情趣亦何多。为我击筑，我亦为君放声歌。望眼碧空雁鸟，舍我心中云梦，乘兴舞婆娑。伯牙子期友，琴断友情磨。　　生平事，天付与，莫蹉跎。高朋日后，相见一笑醉颜酡。惯看浮云过了，又恐年光岁月，一掷去如梭。劝君且看透，应沐夕阳河。

2020 年 3 月 17 日

临江仙·海南起程回疆联想

辞别琼州南海隅，轻骑嘶向西程。依然一笑作新征。春芳如绿染，路网织喧声。　　惆怅登程连夜发，此时淡月微云。车行慢速慰愁情。人生如逆旅，我亦道行人。

2020 年 3 月 19 日寓居三亚作

高阳台·春分又沐高阳

恶疫侵凌，庚春多创，自是艰难文章。大国兼程，英雄风雨前方。人间多有不平事，自立者、遇乱呈祥。挽狂澜，百代千秋，青史流芳。　　修身济世知民苦，历人间心楚，万种炎凉。天地作情，情深常伴情殇。意诚能感天和地，去尘霾、终见高阳。料梧桐，此后百年，华夏荣光。

2020 年 3 月 20 日

临江仙·中华我的祖国

明月星河耀眼，人间春色成波。东风吹度万千河。物华春伴起，风雨见蹉跎。　　梦里壮心犹在，醒来坎坷仍多。虽然理想渐消磨。铭心第一事，升旗唱国歌。

2020 年 3 月 30 日

蝶恋花·初心感怀

化蝶于飞香蕊萼。不论阴阳，生死衷肠诺。多少断魂因暴恶，炎凉不怨东风错。　　真善红尘人弄作。独赴天涯，还把初心约。清苦人生谁伴泊，黄昏晚意心中落。

2020 年 4 月 8 日

疫情联想

四海三江卷怒涛，疫魔突袭恨难消。
黄河不尽来天地，赤县巍然尽舜尧。
海晏须防波浪涌，逆风未免树枝摇。
居安须思图强盛，岂许妖魔再试刀。

2020 年 4 月 23 日

浪淘沙·两难

庚子苦难留，水落花流，剪开春燕替花愁。想到疫情流世界，痛疾心头。　　抗疫为生筹，务业情柔，复工阻疫两难收。纵盼牛年春色好，还隔今秋。

2020 年 5 月 2 日

水调歌头·疫恨难休

冷眼横恶冠，孽障不当留。强呼当隔，索性天禁上高楼。心有江山图卷，且看龙鱼悲啸，大地对天愁。新冠巧欺世，无界染成仇。　　看不见，摸不着，使心愁。出征报国路阻，毒疫恐头。只把平生意气，怜作如今憔悴，抑郁恨难休。还我清江月，朗日好行舟。

2020 年 5 月 5 日

齐天乐·庆"七一"

史书演义挑灯阅，掩卷每生遗憾。朝殁朝兴，国强国弱，赤胆忠贤灼见。安邦治乱。历朝冠优名，继承难远。制度贪慵，不公宪典总难挽。　　屈原骚韵久远，岳飞曾怒发，贺兰长叹。鼎故革新，顺民心意，强大方除外患。古今长鉴。切忌昧良知，笔头编纂。国盛家兴，百年交画卷。

2020 年 7 月 1 日

临江仙·抗疫

坚信东风清疫去，江山还我多娇。问君冠毒可轻饶。几多清梦逝，客子莫逍遥。　　燕子轻盈杨柳舞，声声窃语今朝。江河静处听狂飙。逆行破冠疫，钟老哨声高。

2020 年 7 月 2 日

意难忘·铭刻庚子年

暴雨雷鞭，震乡关堤堰，浪遏幽关。山川湍溅急，松柳倒生烟。连日里、泛塘田，洪龙搅浑天。过年半、生存仗业，难上加难。　　肆洪难业摇船，暂抛锚避险，迫降帆杆。疫情应未卜，急雨转堪怜。功未毕、梦难圆，苦弦向谁弹？怒苍茫、心随浪涌，铭刻庚年！

2020 年 7 月 9 日

声声慢 · 乱世疫情

凝思瑟瑟，惨象经营，梧桐细雨滴滴。麻乱人情世绪，怎生将息。东风嫁于杨柳，但世间、新冠横袭。恨几许，堪无情，切盼世间春碧。　　受困行头各异，向谁诉？还得担当强立。翠鸟分流，谁奏鸟歌莺笛。须臾此间隔断，但人间、喧声不息。夜幕落，任寂寞心潮弄笔。

2020 年 7 月

浪淘沙 · 心忧

封堵业屡柔，疫袭城羞，时光一去岂能留？试问别来多少恨，酸楚心忧。　　近日疫抬头，抵死萦愁，何时晴朗悦高楼？瀚海蜃楼还不梦，争奈临秋。

2020 年 7 月

23

浪淘沙·慎度庚子年

散淡在堂前，借酒难眠，山前溪畔柳如烟。又是一场惊世梦，抖霎心寒。　　提汲饮山泉，漫品茶缘，人生轻别实堪怜。苦涩辛酸萧瑟去，慎度庚年。

2020 年 7 月

庆"八一"建军节

塞上连营辟雳风，黄沙莽莽跃苍龙。
雄师枕待昆仑上，劲旅驰驱朔漠中。
执戟挥戈为国土，厉兵秣马列元戎。
五军威武守华夏，八一旌旗猎猎红。

2020 年 7 月 26 日

鹧鸪天·多事之秋即事

毒疫庚年劫闹城，休鞍歇马强安宁。闲磨寸砚书尘世，野菊墙边静作邻。　　因继夜，却慵身，檐垂宿寂锁重门。语传志愿送秋菜，欣喜红椒一味辛。

2020 年 8 月 7 日

遵　政　令

闲情何碍写云蓝，淡处翻愁我未谙。
遵守社区工小令，不教魔疫占疆天。

2020 年 8 月 18 日

喝火令·解封

昨夜城封解，今朝亮碧空。好风秋景送征鸿。秋草歇华清肃，唯有柏和松。　　剑柳迎风剪，天天坠落红。菊花香冷更由衷。好景来年，好运问天公。惜别友朋酸楚，毒疫误时空。

2020 年 9 月 5 日

忆秦娥·国庆中秋两节同日抒怀

星河澈，迢迢银汉盈盈月。盈盈月，银光洒向，地天相接。　中华盛世坚如铁，情丝紧绕同心结。同心结，人和天地，节双相叠。

2020 年 9 月 18 日

行香子·歌一曲金秋菊盛花香

枝傲霜寒，蕾斗风残，步深秋，朵灿金环。荇英香馥，晚节争妍。教陶公爱，苏公赞，屈公餐。　中华大地，蓝天阳沐。和菊仙，集埔花坛。同迎盛世，共筑鸿篇。愿花常艳，民常富，月常圆。

2020 年 10 月 6 日

莺啼序·辛丑寄语

　　初春莽原塞外，正寒霜雪乱。漫山岳、风动银蛇，处处剔透双眼。夜深了、灯楼列阵，欢歌喜悦声声暖。已除庚子岁，平生梦幻浮现。　　四十余年，赴身边塞，见嚣尘多蹇。原本是、年少轻狂，犊牛初仕冠冕。却蹉跎、腾挪辗转，应无悔、前瞻思远。待回头，每忆之时，又频兴叹。　　人生常好，犬子蔚然，赢得气象显。名利场、交杯多有，熙攘竞合，且最难得，守真互换。故将红绿，梅兰闲雅，沉淀甘苦家国义，共融为、礼义诗书卷。青山与共，龙鱼花鸟为邻，白云素月相伴。　　人生创意，辛楚无常，作砺磨历练。任坎坷、志殊勿断。纵是飘萍，世路常阻，沧桑已惯。新年宴会，擎杯同祝，国梦家梦邀共雅，指期时、庆百年盛典。辛丑顺我愚挚，助我灵犀，成我夙愿。

2021 年 2 月 13 日

27

沁园春·蓝图

　　大国风光，圣神宏卷，护佑此方。两会今落幕，同俦壮志；九州英杰，共谱华章。盛世新航，创新驱动，高质追优盈四方。兴勋业，助东风化雨，春绿花香。　　鸿篇伟业辉煌，引牛劲牛筋斗志昂。看开来继往，立心民意，青山绿水，国泰呈祥。广纳贤才，科研进发，经济腾飞鱼米乡。十四五，与韶光同步，劲力康庄！

2021 年 3 月 12 日

西江月·东方崛起

　　谁说春风不度，玉门城外旌飘。路带连动尽丰饶，昔日驼铃渐渺。　　且看通天路网，中华崛起今朝。全新世纪应平瞧，大国风骚领了。

2021 年 3 月 24 日

南水北调

春阳沐九州，致兴紫禁游。

祖国一声唤，南水向北流。

2021 年 4 月 29 日

沁园春·和谐社会"五一"吟

京国春风，万里和融，拂槛揉栏。正青山凝翠，碧波映绿，天蓝爽气，地沃滋泉。云饰房楼，风驰车轿，路网城乡珠串联。辽原上，念回归雁悄，开放花妍。　　歌声笑语连连，集社会核心价值观。喜核心舱发，空间站建，长征环宇，重器循天。华夏当强，英雄自立，浩探精研涌俊贤。新时代，盼齐圆国梦，贡献人寰！

2021 年 5 月 1 日

临江仙·破局

华夏和谐人意，外邦情暗低迷。去年春疫恨来时。落花门独闭，村落鸟荒啼。　　记得江城初见，封城禁足时期。成城众志不须疑。民心听党令，破解乱时题。

2021 年 6 月 1 日

破阵子·"六一"老少颂歌

笑语欢歌庭院，儿时斜荡秋千。手抖风筝云影动，写向蓝天把梦圆。手中紧握弦。　　蜡炬光摇闲泪，吴蚕到老缠绵。不住时光多感慨，犹有童心不断弦。壮哉老少年。

2021 年 6 月 1 日

沁园春·神舟礼赞①

　　戈壁风光，大漠深处，塔架巍巍。正国旗招展，东风送别，酒泉发射，神箭腾飞。动地雷霆，横空出世，直上空天壮国威。宇航者，看长征本色，奋起穷追。　　中华今日雄辉，赖不改初心铸史碑。忆燎原星火，燕京定鼎，革新开放，科教先为。砥砺前行，攻坚克厉，浩瀚遨游霄汉回。凌云志，更与时俱进，再立丰碑！

2021 年 6 月 19 日

临江仙·纪念"八一"建军节

　　南昌起义为救国，英雄斗志昂扬。红星闪闪耀东方。会开遵义后，胜利启新航。　　赤水金沙天险恶，雪山草地茫茫。披荆一路战旗扬。中华得盛世，回望义南昌。

2021 年 7 月 25 日

---

　① 2021 年 6 月 17 日 9 时 22 分，神舟 12 号载人飞船发射升空。

苏幕遮·气象新

　　国家兴，人气旺。开放相联，百业蒸蒸上。捷报频传新闻档。路网飞流，物阜人心壮。　　日东升，光彩放。绿水青山，亿众心向党。华夏腾飞新气象。可爱家园，万里天空朗。

2021 年 12 月 5 日

临江仙·壮志天下

　　又是一年新天地，豪情健漫依然。如梭岁月梦中看。万山凭虎跃，华夏续奇篇。　　也曾壮志怀天下，初心坚守如前。夕阳一路沐苍颜。举杯忆往昔，航向导春天。

2022 年 1 月 25 日

"五四"之日寄语青年

年年五四道重逢，指点江山气自雄。
大德襟怀须竞发，少年壮志不言穷。
挺胸昂首谋前路，勉力当肩务实功。
要把青春融国事，相期更上九霄中。

2022 年 5 月 3 日

沁园春·路

　　心力齐驱，众士西进，好借羌空。正凝心合力，排山凿路，隧桥连架，巧夺天工。志士无眠，天教多事，愿试平生校检中。舍家小，混鱼龙阵里，风雨同融。　　会当凌绝高峰，随国运、兴家正道逢。与群贤携手，同心拱力，国家相顾，流汗从容。我觉其间，雄魂健体，胜似闲庭不倒翁。新堤路，见铁龙飞越，直上西峰。

2022 年 5 月 24 日

卷二 新疆情怀

一剪梅·写给筑路大军

西域漫天风雪飘。毡房频摇，牧者歌嘹。酥油烈酒奶茶香。风又如刀，雪也骄骄。 勒马催征紧战袍。切切车轮，挥镐连宵。一带一路尽英豪。古道西风，挥舞今朝！

2017 年 12 月 1 日

盼 君

——大漠泼墨

我有一瓢酒，足以慰风尘。
可怜天山远，只待有缘人。

2018 年 4 月 25 日

西域回眸

慨叹人生事，蹉跎今白头。
纵横皆计较，自个也堪羞。
未达青云志，丹心亦未休。
愁来无去处，独步上西楼。

2018 年 5 月 11 日

重温《折桂令·中秋》

  2012 年在南疆喀河铁路线上，正值中秋，为欢庆这天顺利完成工期，与大家开怀畅饮，一不小心喝醉了。醉倒了山河，醉倒了群雄，醉跑了那无力的西风。

  多年的奔走，我和工友们担负着西线辅轨工作，多少个中秋美景，在这荒原的戈壁，很是无奈地度过。他们有家，他们有情，他们有豫乡曲味，他们有秦腔粗犷之声，还有那甘南羌笛羊音。

  我深刻地感受到他们每一年的离乡思亲，特别是面对"十五的月亮"。为了祖国的建设，为了对家庭的担当，才有忍耐与坚持，才有对这一年最美的月光产生的强烈的联想与渴望。我感激工友，感激上苍，更感谢那天工造物、情趣飞扬！所以，当时带着浓烈的酒兴，一气呵成写下了《折桂令·中秋》。

  明空月镜如磨，光照南疆，拂透边河。露冷清辉，吴刚歇斧，暗目嫦娥。 愁绪休生且歌，一声情妹阿哥。今夜苍蓝，佳景良辰，醉酒如何？

2018 年 5 月 14 日

我们新疆好地方

我们新疆好地方，诚邀友人来赏光。
葡萄美酒琥珀色，玉盘盛来抓饭香。
楼兰已渺古城在，火焰焦红西路长。
但使东家善待客，信天游赞好家乡。

2018 年 6 月 2 日

减字木兰花 · 天山迎客

物华天宝，佐柳风摇轻袅袅。满目青苍，哈密葡萄扑
鼻香。　　风萧千树，似有雀声听却误。林染阳光，客到
天山喜鹊忙。

2018 年 6 月 14 日

采桑子·梦中自咏

多情多景仍多感，楼宇高崇。邀友倾盅，醉里人生一笑空。　　停杯且看琵琶舞，掌彩声浓。醉眼蒙眬，夕照西天驻彩虹。

2018 年 6 月 19 日

清平乐·景

雨晴烟晚，绿水添新满。双燕喜来垂柳院，楼笒画帘收卷。　　晚霞尽染蓝天，西域初月眉弯。珠挂葡萄架下，天山深处还寒。

2018 年 6 月 21 日

水调歌头·头顶一方天

翻破禅宗卷，未懂怎成仙。左公垂柳，暮色摇曳步云端。且把天池作墨，只泼荒原大漠，醉卧在天山。日落彩霞渡，明月映窗前。　　齐心处，同赴难，力搬山。轻舟摇橹，飞速疾去浪花翻。忘却昔时苦乐，淡化虚无感念，万物自生缘。脚踏西疆地，头顶一方天！

2018 年 6 月 21 日

采桑子·工务人忙

晚来一阵风兼雪，盖尽苍荒。理罢笙簧，笑对寒风巧扮妆。　　紧衣束带出棚去，又是新场。车轮碾切，铁臂挥镐润轨长。

2018 年 12 月 12 日

送 工 友

送工友，话沧桑，殷勤款宴话家常。
炊烟袅袅农家院，笑意欢声绕屋梁。

2019 年 1 月 30 日

浪淘沙·冬日戈壁

冬步踏戈洲，苇秆苍丘，洪荒亘古也风流。百转千回关不住，云走风头。　　怀古本无由，思绪悠悠，茫茫世事理还愁。戈壁苍荒天合处，心逐鹏鸥！

2019 年 1 月 30 日

踏莎行·哈密

　　广东路街，贾商云集。天山融雪流声激。兵团建设起宏图，车流忙碌穿梭急。　　河柳摇风，铁龙鸣笛。校楼学子书声溢。休闲老幼乐伊州，春风颂吟东风力。

2019 年 2 月 20 日

西江月·兰新高铁之梦

　　西城平沙异锦，高原草木临风。依依杨柳问槐松，犹记当年左种。　　俯瞰兰新高铁，镇城掩入苍穹。草原雪域拥千峰，耿耿于怀似梦。

2019 年 4 月 6 日

天 山 行

天山行不尽，始觉白云深。
庙古僧何处？钟鸣客易寻。
水溪遥隐壑，肠路曲通林。
坐看浮云起，悠然淡我心。

2019 年 4 月 11 日

雨后过库尔勒

博斯腾湖柳两傍，昔人曾赋库梨香。
春风依旧吹芳社，铁门关上半夕阳。
积雨经时昏洪起，博湖鱼肥晚波凉。
了然诗思漫戈壁，更乘东风建大疆。

2019 年 4 月 11 日

上 天 山

—— 施工在天山峡谷

荒原落日草斑斑，春雨抽丝赶鸟还。
两鬓霜华千里客，马蹄又上大天山。

2019 年 4 月 13 日

塞 下 曲

在凌晨春寒时刻，战斗在南疆铁路线扩能改
造工程上的工友们却挥汗如雨。见此工作场景，
顿生敬意。

工棚营外月轮高，寒冽西风搜战袍。
锹镐声响惊苍壁，呼吸凝霜襟汗潮。

2019 年 4 月 16 日作于南疆铁路线上

眼儿媚·走西域

烟草萋萋小楼低，云压雁声凄。两行疏柳，一丝残照，数点鸦栖。　　青山碧树春来绿，云掠大漠欺。峥嵘岁月，有情归梦，谁诺归期？

2019 年 4 月 27 日

采桑子·咏换轨

星空万里寒牛斗，无奈尘霾。塞北师回，试向奎屯一路开。　　明朝把对长亭酒，一曲三杯，直抵依奎①，斩旧更新铁轨来。

2019 年 7 月 12 日

---

① 依奎，指新疆奎屯和克拉玛依铁路。

46

满江红·借东风

旷野茫茫，风不爽、高温时节。最恼是、桑拿蒸透，暑炎灼热。飞鸟无踪狼隐迹，苍荒戈壁无荫歇。立西关、欲语更沉吟，跟谁说。　　丹心在，同创业。为国许，拼身竭。建新疆策立，浩气腾越。圪井潺潺流水出，柳梢轻摆黄昏月。继开来、西域借东风，情尚切！

2019 年 7 月 13 日

塞上感怀

关西塞上踏歌声，高调秦腔百感生。
玉帐枕戈人万里，铁修掖钻夜三更。
忠心爱国显身手，硕果优才转帐营。
猎猎旌旗天际远，云边鸿雁岂归程。

2019 年 7 月 27 日

47

清平乐·伊宁颂

　　天山柏赋，不尽松涛树。冰盖雪峰草原路，直向蓝天深处。　　木屋缕缕炊烟，伊河唱卷波澜。原野毡房点缀，牧童跑马林边。

2019 年 8 月 2 日

清平乐·芳菲天山

　　风声如诵，云卷千姿弄。高速飞驹如风送，忽见黄羊飞纵。　　戈壁遥落峦巅，大漠游子思贤。稳疆建疆当下，芳菲八月天山。

2019 年 8 月 6 日

卜算子·躬行铁路三十年

枫叶又描红，万岭秋风恋。弹指挥间已卅年，问君可知倦？ 凡子本无聊，生活求平淡。莽野蛮荒路拓开，铁轨常相伴。

2019 年 8 月 23 日

念奴娇·单车行进在中国最美 G7 高速路上

戈滩萋草，近中秋，不见诱人风色。单骑驰驱，千里远，眼饱胡杨黄叶。素月分辉，明河共影，天地俱澄澈。悠然心会，妙哉难与君说。 应念己亥秋天，月光映我，虎魄由心发。短鬓束腰襟袖挽，瀚海健步空阔。傲立西疆，心朝北斗，万象皆宾客。月盈时候，寂然千里空洁。

2019 年 9 月 10 日

49

临江仙·换轨作业有感

　　带路高歌鸣汽笛，天涯节序匆匆。菊花丛动喜金风。谁人知此意，铁道只缘中。　　白日挥戈酣战罢，千军搅动星空。今年换轨去年同。奎屯阿克线，为国立新功！

2019 年 9 月 18 日

浪淘沙·咏牧人毡房

　　望断碧云悠，霜落滩头，浪花翻滚越千秋。谁铲秋原平似展，宿鹭眠鸥。　　风啸远沙丘，毡帐烟柔，羌河未冻水长流。几度游人寻牧舍，抓肉茶酥。

2019 年 11 月 16 日

江城子·雪夜

　　狂蛟昨夜舞城东。启帘栊，抖寒风。村镇郊原，车滞少人踪。倒吸寒凉凝静气，风搅雪，雨迷蒙。　　奎阿铁道即成功。接欧中，复流通。往日酷蒸，历练老亲躬。耳畔犹听歌白雪，心又喜，酒三盅。

2019 年 11 月 24 日

小重山·年关到心

　　月落荒原夜漫长。西风何凛冽、啸呼狂。碧天瘦水露华凉。工在哪？呐喊回音长。　　何日雁南翔？吉祥新岁月、在心房！工程祈望快收烊。殷切处、携手再开航。

2019 年 12 月 6 日

南乡子·留思

那岁出秦关，赳赳竟日，径入戈滩。直奔西疆开辟路，难攀！行遍千山万壑间。　　坐辔也汗颜。东奔西走，辗转熬煎。功业几时能向满？痴幻！衣锦还乡梦枕边。

2019 年 12 月 11 日

水调歌头·大疆赋新篇

昆仑鼻祖脉，珠穆朗玛巅。回望天山横断，剪切恶风残。北面松涛伟岸，南面棉花梨杏，南北两重天。大地刻经纬，冷热道情缘。　　地能热，冰川盖，亦奇观。畴耕边戍，稳疆建疆赋鸿篇。国门旗飘紫气，唱响大疆天籁，带路出边关。党引新时代，各族梦同圆。

2019 年 12 月 15 日

满江红·情愫

洁白层峦，寒冰固、银蛇风舞。玉关外、地空迷失，沉浮谁主？大雪茫茫心欲醉，长风浩浩愁无绪。共晚餐、火壁暖黄昏，夫妻语。　　朔风紧，夜雪雨。周天彻，林如杵。此隆冬，烤肉弥香熏户。对酒三杯思顿起，豪情化作飞鸿羽。奔小康、舵稳好行舟，将身许！

2019 年 12 月 25 日

鹧鸪天·劳资结算的日子

己亥年终尾业收，一年劳作几多忧。无心再续工程曲，却向年关放乡愁。　　春节到，盼薪酬，清单账务过心流。豪怀稍逊金银事，守约天方可似初？

2019 年 12 月 30 日

53

诉衷情·献给铁路战线的同人

老来方悟几时休，铁路记心头。谁言往事如梦？汽笛依旧悠悠。　　心凝路，走西头，话情酬。一生从命，不为封侯，却写春秋。

2020 年 1 月 1 日

满江红·老骥新声

生命不休，业不歇、男儿本色。着一派、沧桑姿态，梅骨风格。已亥年尾辞旧岁，鼠年岁首迎春节。绣前程、携手新长征，信尤切！　　思往事，成过客。征路上，头飞雪。暮壮怀，倍惜当下时刻。拙笔常新沾雨露，老骥伏枥走星月。足千秋、雁过也留声，任评说。

2020 年 1 月 5 日

54

喝火令·惜别工友

昨夜微蒙雾，今朝碧绿峰。寒冬萧索送征鸿。惯看柳林霜肃，欣赏柏和松。　　古道迎风剪，长河落日红。丰年瑞雪可寻踪。胜景明年，好运问天公。惜别辛劳工友，聚散太匆匆。

2020 年 1 月 15 日

浪淘沙·跃上天山

驶出玉门关，空碧云绵，金波戈壁递天边。惊见黄沙狂浪起，吼向苍天。　　草柳苦容颜，风里飞旋，胡杨霸气阅千年。竞逐东风云岭外，跃上天山。

2020 年 3 月 29 日

55

浪淘沙·大疆天

　　西域雨初纤。云卷空幡，东风杨柳过玉关。燕子不归花有恨，有点春寒。　　倦客亦何堪。避疫征难，今朝嘶过几重川。归梦已随芳草绿，赶赴疆天。

2020 年 4 月 11 日

疏影·伊吾军马场春感

　　马场歇足，莽原迎风举，春来添绿。白色毡乡，鞭集牛羊，黄昏月下琴淑。长音帐外听天籁，抬望眼、牛羊醒目。拟向前、礼叩包门，被款奶茶羊肉。　　来客三杯美酒，民歌拍起舞，吹烟燃促。东起明霞，策马嘶空，马踏蹄花瞟足。征鸿旋翼晴空碧，更显朗、白云祥牧。望草场、辽阔苍茫，游绪远尘悠独。

2020 年 4 月 14 日

减字木兰花·美丽新疆

　　风光独好，广袤西疆光普照。松柏飘云，客到边城酒代君。　　雪山辉映，明月天山儿女倩。路网生辉，羊肉湖鱼酒满杯。

2020 年 4 月 27 日

牧歌乡景

晨曦照翠微，万象叩心扉。
紫气腾烟雾，霞光映碧辉。
野鸭游绿水，孤鹭过蔷薇。
包房草原缀，牛羊满山偎。

2020 年 4 月 28 日

望海潮·颂天山松柏

千年不朽，株株翠冠，森森黛色参天。春霁绿萌，秋来苍劲，无须追问当年。绿氧吐云端。念悠悠岁月，攀作山川。傲雪凌空，盘根乱石立何艰。　　英姿鹤舞云翻。阅沧桑世事，涛起松巅。风骨御魂，祥云爵赏，蔚然坦荡人寰。更不屈王权。上仰沾甘露，下吸冰泉。劲节争柯，生气拂绿漫人间。

2020 年 5 月 18 日

踏莎行·铁路工程感怀

岁月情长，人生苦短。浩瀚戈壁连天远。驱车追日赶工程，光阴寸寸流如箭。　　鬓影惊霜，菊纹刻面。夕阳身影成长线。征途漫道几回奔？回看应答黄昏卷。

2020 年 7 月 1 日

筑 路 工

自古坦途人修筑，顺畅大道心先行。

多少通衢铺就后，于无路处启新程。

2020 年 8 月 3 日

临江仙·疆村民态

西北浮云凌空去，夜来心与飘踪。高楼禁足与谁同？心惊疫患隐，萧景叹长空。　　不是凭栏言天意，只因魔道添慵。江山万里任从容。奈何宜静守，都付暂时风。

2020 年 8 月 7 日

临江仙·中欧班列

向日争流今记否？停工歇业难承。只因瘰癗道无情。面容憔悴了，依旧令封城。　　行处时光堪折尽，西疆劳客魂惊。镐钎枕轨已无声。列班浑不顾，照旧贯梭行。

2020 年 8 月 18 日

瑞鹧鸪·爱我伊州

吹破残云入夜风，一轮秋月上帘栊。天山笑饮阴霾去，大地同心恰意融。　　情脉脉，意忡忡，相携挥手疫无踪。且将幸福同分享，爱我伊州留梦中。

2020 年 8 月 20 日

高阳台·戈滩万里风机伫

照野旌旗，朝天宝马，平沙万里天低。送爽金风，凉夜月下风欹。兰新河套经行地，为采风、正摄新奇。走廊长、伫立戈滩，遍地风机。　　开来盛世笙歌地，送能源清洁，景梦方宜。路网蛛连，伸延外族西夷。百年梦想今明确，带路还、马未停蹄。最关情、世序重排，看复兴时。

2020 年 9 月 23 日

疏影·忆伊犁大草原

西风草木，看莽原吹浪，秋色翻覆。白色毡房，鞭集牛羊，静空月下琴淑。长音帐外听天籁，又满眼、星光罗目。拟向前、礼叩包门，欣款奶茶羊肉。　　欢饮三杯美酒，牧姑歌且舞，篝火红逐。日上三竿，策马嘶风，马踏蹄花飙速。征鸿列写晴空碧，更添趣、悠闲祥鹄。浩斯坦、苍翠辽原，风景远尘舒目。

2020 年 10 月 6 日

巴里坤湖

巴里坤湖碧水长，蓝天湖水两茫茫。
野鸭翻向水中藏，漾起浪花嬉戏忙。
小舟轻渡秋风凉，摇曳舞步泛秋光。
候鸟成群天上扬，反复来往南北方。

2020 年 10 月 27 日

添字浣溪沙·塞北秋色

塞北秋来竞秀颜，一湖鸥鹭舞翩跹。且看天鹅向日跃，展长天。　　岸上风光多旖丽，胡杨枫叶应时还。烟画牧包临水落，客如仙。

2020 年 10 月 27 日

天 山 雪

塞上天山冬雪飘，玉龙飞过万鳞骄。
琼枝树树披银饰，雪岭茫茫接宇霄。
抓肉奶茶温锦帐，入喉香酒诵庄骚。
银蛇翻滚随风舞，原野苍茫白马跑。

2020 年 12 月 6 日

玉交枝·塞上雪

　　闲情愁绪，最是幽幽难息。寒光与赋凄凉意。枯草尽，鸟无迹。　　冬至西风来去急，塞上银蛇舞无迹。豪情壮志赐山河，蜡象原驰常清寂。

2020 年冬至节

大美新疆

　　一山银色映斜阳，苍劲胡杨引路长。
　　瀚海连天阔无际，谁人惊叹大戈疆。

2021 年 1 月 21 日

浪淘沙·结资如结心

华发对山青，民梦追星，年终珠拨慰劳生。又是一年挥汗过，账目厘清。　　心事共疏檠，苦楚谁声？劳痕和泪结心冰。留得山青人气在，称得黎情。

2021 年 1 月 27 日

附：江林军（亦之）《浪淘沙·和勇士》

豪气直凌云，兵发奎屯。挥镐茧手忘晨昏。戈壁工程真勇士，藐历艰辛。　　总部却亏银，寒了功臣。揪心暗自叹兄君。犹记当年曾质屋，忠义情真。

2020 年哈密冬冷无雪

萧瑟西风万里空，哀鸿北望落沙汀。
隆冬凛冽天无雪，落木枝头鸟忍声。

2021 年 2 月 10 日

贺新郎·招工感怀

人事浮云现，为如何、忽然而别，偶尔相见。追梦之人今和昔，多少工钱抱怨。君与我、无由局限。尝忆望穿天际水，但今时、要把工程赶。忙录用，舒长卷。　　甘青两地忙寻遍，问工友、愿来谁有？亟须开战。轻抖征衫灰尘去，又展今春画卷。从今始、时来运转。做个城乡交情友，且都还、富贵双方愿。开美酒，君毋缓！

2021 年 2 月 25 日

西江月·路转

边塞天高地远，天山莽卧横蛮。匆匆来去不知天，谁把节时偷换？　　依旧莺飞啼啭，更多春色争妍。临风小草惹人怜，路转雪松一片。

2021 年 3 月 9 日

浪淘沙·沙尘

　　春度玉门关，空碧云残，大疆戈壁远连天。忽见黄沙狂浪起，吼向苍天。　　草柳弱容颜，沙暴飞旋，胡杨红柳阅千年。又见浑天边塞外，叹作春寒。

2021 年 3 月 15 日

伊犁春牧

　　气暖催醒草木虫，春来无处不茸茸。
　　伊犁日落远天外，原野莺飞细雨中。
　　鸥鸭滩前春水皱，牛羊坡上草花丛。
　　牧人竞放归毡晚，跨马鞭哨一路风。

2021 年 3 月 21 日

南北风情 （二首）

雨后初晴春有凉，南疆滴翠百花香。
林间燕雀啾鸣语，蜂蝶川原款款翔。

雾丝云片被风狂，西域辽辽展大疆。
瀚海戈滩浑天外，天山雪乳壮牛羊。

2021 年 3 月 30 日

浪淘沙·路过喀纳斯

寒雨洗天清，月照凉生，井梧一叶作春声。知是客身
轻似叶，千里飘零。　　遗梦喀纳城，湖怪传情，牛羊鱼
肉酒旗亭。不见当年忽必烈，萋草丛生。

2021 年 4 月 16 日

67

西江月·月下行车

四野泛光荒垄，横空热浪重霄。微风轻过旅人焦，令我晕车昏脑。　　但见一轮皓月，洒于大漠驼蒿。停车出外领风骚，欣见列车奔晓。

2021 年 5 月 29 日

鹧鸪天·清华学子新疆行赠言

风华正茂众英台，儒生豪气赋胸怀。行踪涉迹长亭外，越漠飞空大雁排。　　倚玉枕，怅思怀，午窗轻梦绕云崖。玉鞭何处堪游冶，指点江山向未来。

2021 年 6 月 15 日

纵横天下铁路礼赞

铁路蜿蜒龙起舞，山河大地任逍遥。
八横八纵输动脉，万缕千条通末梢。
太白吟诗盘蜀道，羲和逐日奔天桥。
车流物载城乡富，飞过笛声荡碧霄。

2021 年 6 月 22 日

浪淘沙·场景

风雨夜来多，漫浸荆柯，沙滩积水总无波。隔浦工棚灯明灭，满地鼾歌。　　晨号几回过，又演穿梭，戈滩深处听赞歌。都是争工换油米，慰媳和婆。

2021 年 8 月 19 日

高原望远

高原满目渐苍苍，白露近身日更凉。
鸿雁鸣飞云泽梦，长河染向水天霜。
岸边古柳摇黄叶，陌上丹枫红又黄。
尽道秋深多逸韵，东篱飘过菊花香。

2021 年 8 月 30 日

驼　队

驼队悠长缓步行，万里黄沙任纵横。
负重征途韧劲在，千年古道寄深情。

2021 年 9 月 1 日

阳关曲·坎井流长

记林则徐当年戍边新疆留下宝贵的引水工程。

伊州秋色碧空晴，踏向天山始足轻。
使君莫忘雪山水，应听坎井流荡声。

2021 年 9 月 6 日

玉楼春·修铁路

钢轨年年飞马骑，民客舍家家倚寄。披星追月日如何？
汗水换钱真不易。　　无技谋生将费体，难得双亲培壮体。
男儿西北有神州，岁月勤劳当收矣。

2021 年 11 月 19 日

清平乐·壮士心声

镇日修铁，逆向川山雪。壮士军声流汗血，哪有休闲时节。　　西域莽莽天涯，遥遥戈野平沙。多少路工守望，目送专列阳斜。

2021 年 11 月 21 日

好事近·夜色清绝

风雪又来临，衰草随之蔫歇。多少无情烟树，伴客年年别。　　斜阳大漠映孤烟，夜色更清绝。数点牛羊踏雪，享一轮寒月。

2021 年 11 月 23 日

乌夜啼·换轨感怀

黑夜寒风疾，雪欺路滑深坑。披星戴月真情演，民力显忠诚。　　肩负长天换轨，轨条脚下铮鸣，一声长号成型了，道畅得安宁。

2021 年 12 月 13 日

柳梢青·辞谢牛年

回首凄然，西域城郭，一路萧寒。凉透戈滩，败枝满地，人独关边。　　欢欣昨午尊前，酒醒后，余晖带烟。对月倾怀，阻心溢味，辞谢牛年。

2022 年 1 月 27 日

点绛唇·工潮

无限春光，花将吐蕊和烟雨。鸟歌嘹树，声色因谁许？
又是离歌，戍鼓催长旅。雁飞渚，奈何行伍，疾影追
风雨。

2022 年 2 月 25 日

临江仙·赞工友

四十余年披铠甲，鞭靴踏遍胡尘。通州路网岁华新。
超车弯道，激奋出精英。　　春秋建业方盛事，行功磨炼
初心。一腔热血付真情。有缘诚见，铺路演奇兵。

2022 年 3 月 2 日

74

生查子 · 场景

收工下傍道，夕照戈滩岸。人似共潮来，汗渍随风散。
整日作道平，号子呼成片。一路沐春风，长龙越荒堑。

2022 年 3 月 11 日

念奴娇 · 大疆感怀

临风瀚海，望云天低楚，野旷沙碛。指点西羌标胜地，
唯有雪山垂立。汉马旌旗，追云拓土，先祖丰碑寂。一山
南北，蚀磨多少豪迹。　　喜看西域龙颜，东风辇路，犁
剑驱新术。万顷粮田春色里，路网高楼奇迹。塞舞胡歌，
牧人骏马，当代承生息。日臻乘上，兴疆群马蹄疾。

2022 年 3 月 13 日

如梦令·回首无语

　　曾忆当年苦旅，塞上寒光临树。独处领风尘，醉把洪荒劳赋。无语，无语，苦梦不堪经处。

2022 年 3 月 27 日

望江南·尽人事

　　春将暮，阳日更情浓。晨伴熹微天际月，车行高速耳边风。丝路网长空。　　心底事，万转越千峰。驭日奔波沙碛上，嘶风驰骋草原中。生计为谁冲。

2022 年 4 月 16 日

浪淘沙·达坂桥情

自古世风潮，把酒滔滔，西天千古陇原高。辟地开天多少事，还看今朝。　　山水有情交，紫气云霄，古道达坂结新桥。天堑通途南与北，如此多娇。

2022 年 5 月 4 日

望江南·征程路远

焉能倦，疏雨沥芭蕉。雾散云开天又晓，杯干酒烈味难消。精气与神豪。　　知岁月，未尽暮年骄。踏破天山南北路，鹤鸣深处闻九皋。路远接天遥。

2022 年 5 月 9 日

水调歌头·筑路有感

经天云无数，未改大疆天。眼前戈壁无际，正北是天山。人苦百年砺志，束聚人间向往，天道应吾还。强国全民梦，无上壮心丹。　　人致富，非凡事，路为先。老来勋业未就，一晃鬓霜斑。多少暑来寒往，浃背汗流便饭，怪我命中缘。筑起平安路，从此纵横牵。

2022 年 6 月 1 日

满庭芳·父亲节西域感怀

横断天山，冰川雪盖，长年圣洁如仙。瑶池胜景，别是一重天。佛说西天乐土，众生有秀美家园。更藏着，洪荒原野，宝地矿之源。　　年年开发竞，各行争上，一睹欣然。未物外身游，步踏尘缘。应惜吾今老矣，行常慎，谦世平安。驼铃漫，浩歌归去，乐泛大疆天。

2022 年 6 月 19 日

丝路翻新

商路连欧亚，长河映落晖。
铃声驼队过，犹带古城灰。
丝路当年地，不知何日归。
今时商贸客，朝夕可来回。

2022 年 7 月 12 日

卷三 杂咏感怀

无　　题

殷殷红袖香添早，无事询秋秋气高。
正是一年景优美，谁知唯我意难消。
归云别鹤去将远，清酒遐思念也遥。
不问夕阳无限好，欲观佳景看今朝。

2017 年 10 月

人　　生

垂钓含深意，望山多远情。
人生真不易，苦短莫忘耕。

2017 年 11 月 3 日

岁　月 （二首）

岁月最怕时光老，时光总叨春光好。
堪恨西风空换景，时光总与人计较。

人生如梦岁月长，牺牲自我为谁忙。
醒来顿觉佛缘近，心印菩提万丈光。

2017 年 12 月 25 日

青玉案·西风挟雨声翻浪

西风挟雨声翻浪，洗尽路、黄尘瘴。看惯人间康健棒。
千年古寺，五湖海渧，谁记凌烟像。　　壮青岁月心狂放，
气夺山河梦清壮。老矣老兮无人相。葡萄美酒，沉香晚况，
谁恋心头上。

2018 年 6 月 19 日

南歌子·静思

世事从头看，心平杯酒明。夜长犹伴枕边声，试问河流，自古浪能平？　　月照苍山白，鸡鸣远五更。红尘闹世利和名，寺庙清规，木鱼和佛音。

2018 年 7 月 2 日

浪淘沙·梦醒酒杯空

梦醒酒杯空，世事匆匆，古来英杰与豪雄。雨打风吹何处是，汉殿秦宫。　　梦忆少年中，勃勃心胸，挑灯夜半习庄功。遥寄前程眠不得，皇榜雄风。

2018 年 7 月 2 日

钓　意

入世人生浮与沉，长竿稳执尽心神。
且将书史揉为饵，谁钓江山谁钓云。

2018 年 7 月 14 日

夕阳看过又朝阳

夕阳看过又朝阳，史册千年纸发黄。
不借干戈传故事，红尘眼见即沧桑。

2018 年 7 月 17 日

浪淘沙·阅世

阅世路何长，几历沧桑，风风雨雨送流光。屠狗吹箫
非恨意，未损肝肠。　　岁月短其长，老又何妨，河清海
晏尽安详。忘却累名身外物，只喜斜阳。

2018 年 7 月 17 日

光　阴

光阴如复制，日日怨平庸。
一样寻常景，有诗便不同。

2018 年 7 月 18 日

一剪梅·梦词诗缘 (二首)

百态千姿心底留。诗赋词间，长短相酬。几多滋味说谁听？三两相知，同渡方舟。　　雨打菊花香更柔。才俊年华，霞彩清秋。人生长旅梦难收。韵里还留，情里应留。

自古多情词诗留。谁与共鸣，尔汝相酬。云腾回首问当年，且许平生，泛水同舟。　　嗟叹人生岁月流！着意风华，几度春秋。诗书礼义向谁投？美景堪留，好梦应留。

2018 年 9 月 30 日

红楼一梦拍案

——借范公案联想

红学开篇借道仙，楼说风场未统弦。
梦里梦外人生梦，曹公落笔神吹烟。

2018 年 10 月 14 日

感　悟

人生感叹几春秋，秋月春花赏未休。
岁月如梭堪旧梦，光阴荏苒渐白头。
青春犹记勤为乐，命里缘逢不用求。
利禄功名皆外物，清心简朴唱风流。

2018 年 10 月 29 日深夜

卜算子·吾醒

　　楼阵峙空山，傍晚昏钟静。窗外寒空卷雪飘，静悄无人影。　　长忆苦今生，过往深思省。书伴寒灯独自修，风雪壮吾醒。

2018 年 11 月 19 日

鹧鸪天·两处沉吟各自知

　　春未绿，世人多有立志，可一辈子走来，十有八九不如意，只有岁月把人淘老了。

　　江水东流无尽期，同窗初读种相思。梦中常作摘星手，好境将成鸡忽啼。　　春未绿，鬓先稀，人间久别更藏迷。谁教微信天天见，两处沉吟各自知。

2018 年 11 月 20 日

寒　窗

——献给在读的孩子们

寒窗虽苦争书学，不学胸中货不多。

暑往寒侵奈何我，日增月累纳薪柯。

十年伏案胸怀志，一旦红封天地歌。

搏击沧溟赖鸿鹄，壮哉儿女亮刀戈。

2018 年 11 月 23 日

初心不改

老之将至忆平生，把酒放歌意气横。

岁月峥嵘等闲度，坎坷征旅任随行。

梦中常作同窗梦，心上更怀故国情。

未改初心终不悔，众生齐力水山清。

2018 年 11 月 27 日

壮志未酬

时光荏苒照山河，满目青山夕照多。
武略文韬在何处？红颜白发任消磨。
英雄垂暮头飞雪，年过六旬尽蹉跎。
宝剑未磨连鞘锈，捶胸顿足又如何？

2018 年 11 月 27 日

风骨唐诗忘寒夜

三更不寐夜长长，伏案读书灯捻光。
习卷默吟工部句，品茶浏览白仙章。
圣贤书著天籁意，情意翻飞什锦方。
夜半钟声随雾散，抬头曦现已含窗。

2018 年 11 月 28 日

人生悟感

人生苦短乱成愁，秋菊春花赏未休。
过往云烟成旧梦，迄今荏苒渐白头。
人生有感安为乐，命运随缘当应酬。
利禄功名总飘去，清茶淡泊亦风流。

2018 年 11 月 29 日

史书尽朝晖

史海茫茫载巨轮，中华一脉古今神。
撷英存朴抒怀志，风雅颂歌唱和声。
身世沉浮太史笔，胸襟坦荡俊豪生。
万千岁月金戈马，青史终留一卷情。

2018 年 11 月 29 日

酒暖手足

秋云黄叶已消踪，烟寒月罩冷长空。
忍听西域独孤语，雪外防寒酒做功。

2018 年 12 月 11 日

一夜飘过

微月无声挂碧空，长河有韵挟寒风。
夜深忽觉梅香至，幽幽飞过小溪东。

2018 年 12 月 31 日

临江仙·业精于勤

　　献给即将赶赴高考的学子高卓学友：高考的赛场在眼前，时不我待，坚持到最后，方显本真年华。望你努力！祝你成功！

　　学业求精唯执着，吸知熟记青春。年轻真好好良辰。清新看世界，增识刻年轮。　　茂盛风华皆炫彩，池鳞一跃何身。语英数理共相亲。书生存壮志，一脚好临门。

2019 年 1 月 7 日

江城子·晴耕雨读

　　大千世界自缤纷。出校门，入公门。退岗归来，闲趣话人生。苦辣辛酸身历过，夕阳地，近黄昏。　　晴耕雨读伴终身。惜光阴，度余生。静坐窗前，阅读且吟论。但愿常求勤补拙，明广识，立程门。

2019 年 1 月 23 日

感　怀 (二首)

心静平湖水，身闲岭上云。
若问平生事，敢为大漠人。

繁星隐隐夜沉沉，窗下孤灯照学人。
心事浩茫连广宇，交怀百感盼清晨。

2019 年 2 月 9 日

渔家傲·看东方 (二首)

　　旭日东升霞万里，东风吹送千帆济，惊动山川图画丽。
人历历，新征路上轻蹄疾。　　共奔小康齐着力，东方一
派风雷激，重振中华须崛起。西方忌，风云变幻岿然立。

　　弹指春来知几许，霜天依旧宵寒剧，且问东风风不语。
春梦里，千家万户莺啼序。　　壮举人生空自许，白头长
忆青春旅，老去无为唯嗟吁。何所欲？望来春燕飞春雨。

2019 年 2 月 21 日

小重山 · 老者难务工

　　燕子呢喃话短长。旧时王谢草、几回芳？似闻棂案墨馨香。春竹笋、月下露尖长。　　尘世看年光。曾经多少事、漫思量。春催人海意茫茫。与谁论、鬓已带秋霜。

2019 年 2 月 23 日

满江红 · 途中乐

　　年过春来，又从始、征帆起落。打工早、精神百倍，谋生勤索。多少乡人重抖擞，满怀抱负离村落。追同伴、当日赶工程，行金约。　　江山好，城乡卓。万事备，诚当跃。按工期频作，倒计时约。铁路区区成底事，心中自有凌云阁。归来去、汽笛远群山，途中乐。

2019 年 2 月 24 日

晴空会至

雾雨夜行偷袭衣，芭蕉柳叶滚珠玑。
晨曦指待云开后，万象更新飘大旗。

2019 年 2 月 25 日

妇　意（二首）

碧宇晴空春燕飞，居家美妇夜凝眉。
夫君一去身容远，只盼年关银带归。

春风昨夜染轩阁，空锁楼中谁待说。
明月孤影映窗前，又是一年主是客。

2019 年 2 月 26 日

定风波慢·贤妇

好春天、浅绿丝摇，心中事抛未可。日上枝头，莺穿柳巷，棉衾还身裹。缓酥阳，云层堕，终日愁厌梅雨夥。还惰，恨郎君一去，笺书难和。　　早知有挫，悔当初、应把行囊锁。向窗前，揽起锅瓢家务，教子勤吟课。意相随，操锄荷，田畈归来伴君坐。常佐，免得青春，年华虚过。

2019 年 2 月 28 日

千秋岁·村妇情

水清山远，城郭春情展。蜂忙舞，莺声婉。乡邻疏酒宴，背井离乡惯。人不见，碧空暮色难收眼。　　往景时常显，节会同衾暖。牵手处，情何短？枕边清梦断，体态风华换。春去也，茫然无绪愁何缓。

2019 年 3 月 4 日

小重山·棹长航

大地回春万木芳。林中莺晓语、燕飞忙。轻沾雾露草花妆。红日映、风拂百花香。　　烟锁小村庄。溪头流碧水、转荷塘。时时春雨润风光。新年代、梦起棹长航。

2019 年 3 月 5 日

临江仙·处世

南北天山多少路，黄尘老尽英雄。人生长恨北西风。幽怀谁共语？远目送飞鸿。　　利国利民心细用，大道任走天公。佛经一曲撞千钟。男儿立世是，莫要论穷通。

2019 年 3 月 21 日

南歌子·早行

柳色簇楼暗，桐花落地香。晨曦开处远风凉。鸡叫五更惊起，赴工场。

2019 年 3 月 22 日

对　酒

横断天山风雪催，劝君须尽掌中杯。
天山明月笙箫夜，谁识人生有几回？

2019 年 4 月 12 日

聊聊岁月

斜阳收照溢清寒，银汉无声托玉盘。
夜雾渐浓沉四野，浮云终乱散千山。
韶华不再人虽老，岁月无欺日自安。
苦耕案牍寻常事，尤愧此生全白年。

2019 年 4 月 15 日

浣溪沙·布谷唤不回农夫

布谷催耕叩耳环，声声啼向畈田间。暮春时节雨纷然。
满眼蓬蒿何处稻？一村新屋几家烟？只因城色闹闲田。

2019 年 4 月 21 日

即事自咏

春风劲度玉门关，京车直奔大疆天。
穿隧跨壑经风雨，喜见长龙瀚海穿。

2019 年 5 月 7 日

我自闲庭信步

多日无闲趣，苦思寻若何。
初夏谁共语，临水自吟哦。
散步柳堤岸，漫闻北岭禾。
同行有月影，远岸更婆娑。

2019 年 5 月 17 日

自　嘲

流光过隙把人抛，回首路程唯自嘲。

历经风波浊声绕，犹叹云雾小诗敲。

寻常日子织成梦，半百年轮偏少肴。

去去去兮皆过去，胸有诗书趣自淘。

2019 年 5 月 18 日

老至何求

老来将至复何求，笔动云游志未休。

沧浪濯缨临碧水，鄂东月照泛千舟。

南山种豆勤拔草，北海钓翁望远鸥。

四友三朋常对咏，吟诗作赋亦风流。

2019 年 5 月 30 日

临江仙·酒气鼾声

山外惊雷池塘雨，频敲荷叶叮叮。晚霞西映上楼庭。尚余酒兴，灯火照窗明。　　夏日蚊蚊忙入舍，床前慢放纱屏。和衣醉卧被衾横。管他风雨，鼾闷走雷声。

2019 年 6 月 3 日

无　题

若看人高人自高，余晖晨露亦陶陶。
松生涧谷终为木，草长山头旗插旄。

2019 年 6 月 5 日

抒　怀

世间何所好，吾志在诗书。

寻韵真如得，转蓬空色余。

心清尘不染，意淡物皆除。

夜静不成寐，诗书解未知。

2019 年 6 月 6 日

小重山·守望者

春到人间万木芳，青山携绿水、旅人狂。千山万水影频窗。中华美、风和百花香。　　建设守疆长，工农商业旺、喜洋洋。神州处处展荣光。天衢远、任重须担当。

2019 年 6 月 11 日

浪淘沙·告老者

午觉亦清头，垒燕衔愁，韶华一去岂能留？试问人间多少事，江水奔流。　　日昃望湖鸥，戏水心悠，腾空试问耸云楼。梦断天涯人已暮，看水行舟。

2019 年 7 月 11 日

河满子·咏业

酷夏炎风不爽，良宵踏月无痕。万里江山千古事，一人厮守如今。见异思迁最忌，拈花惹草堪嗔。　　建业当须执苦，管他暮雨朝云。成败流离都可据，看谁执着殷勤。赢取人前身后，雁过留得声音。

2019 年 7 月 11 日

蝶恋花·谁避红尘谁避暑

盛夏犹如蒸甑窟。挥汗挥镐,莫叹云天热。更笑红尘名利切,但知身客空思说。　　日暮池边凉半截。山落斜阳,霞入莲花叶。晚拂风来身顿悦,无须扇扑心清澈。

2019 年 7 月 14 日

西江月·深夜临窗有感

入夏炎炎暑热,临窗漠漠云霄。灼风明月透帘绡,欲寐情怀未了。　　仰望天空南北,谁看鹊搭河桥?人生不易路迢迢,鸡唱远山清晓。

2019 年 7 月 17 日

卜算子·感怀 (二首)

　　夜深人静，星闹碧空，蔚为壮观。欲寝难寐，辗转复来，问平生，可入星天？花甲已过感无限，索性起床，笑与笔端。

　　世道本崎岖，更有风和雨。成败是非枉诮讥，岂敢将身误？　历历忆平生，得失看凭据。检点悲欢入小诗，只向真情注。

　　带路集初成，宏卷国人语。深觉东风更入时，国盛民生志。　誓志记初心，多应民情趣。但愿天心似吾心，濯涤除疴疾。

2019 年 7 月 17 日

鹧鸪天·山水含情

一抹苍烟岭上横，开轩遥看树青青。疆天静卧天山月，彩路虹飞北斗星。　　炎暑散，夜风轻，潺潺雪水润边城。远山倒映波光碎，山水含情泽苍生。

2019 年 7 月 25 日

念奴娇·自度

筑路万里，笑平生，骨相有谁曾许。壮志未酬当自负，一呼民工群举。高酒雄论，兰新展翅，汽笛催人语。国策提速，铁肩挑起风雨。　　精气神历尘埃，东西南北，数载如羁旅。只为东风歌铁路，身后君前民绪。笛越天山，满樽伊酒，回味真情趣。人之易老，何须泪水同煮？

2019 年 7 月 26 日

108

八声甘州·咏老了

看壮怀征旅苦匆匆，水流尽朝东。斗转星移景，人间忧乐，天淡云彤。成败荣枯过往，光景百年中。古往今来事，萦绕胸中。不揣聪明愚昧，望前程似锦，朝沐春风。

叹韶华踪迹，常忆苦时空。想非非、飞黄腾达，误几回、磊落任从容。今知我、倚楼高寝，寿鹤如松。

2019 年 7 月 31 日

水调歌头·自嘲

百岁一朝过，生计岂息工。硬拼生闯，试问穷达看谁从？饥餐一撮粗食，渴饮清泉手捧，日月碧轮空。酒壮真豪士，昂首看飞鸿。　　思过往，迁羁旅，腾渊龙。高朋志杰，敢搏沧海浪涛中。忠业守诚实干，率性本然无怨，顺势路亨通。凡事躬身解，何必作仙翁？

2019 年 8 月 1 日

蝶恋花·早行

百尺高楼临大道。楼外秋风，不觉昏和晓。独立栅栏知影渺，闲中窥觉车型小。　　长阵慢移鸣笛噪。驹堵长街，都向尘中老。忽卷金风梧叶笑，君行莫道晨鸡早。

2019 年 8 月 12 日

浪淘沙·无端自问

大雁恋秋空，一抹霞红，深山幽谷水流淙。映照鹏姿闻笑语，高翅烟松。　　转眼月朦胧，独自忡忡，驱车走马叹匆匆。三十功名尘与土，谁道英雄。

2019 年 8 月 25 日

进 退 图

长江天下水，黄鹤天下楼。
风雨千秋过，乾坤一卷图。
如何知进退？谁不历忧愁？
来往皆过客，青山送远舟。

2019 年 8 月 29 日

梦中诗社

记得浠河日夜流，如今远隔只堪休。
几回梦里思君兴，四十年间隐我忧。
游子尚知天下水，异乡忽觉已中秋。
孤云欲往随风约，诗社许曾认旧丘？

2019 年 9 月 10 日

午间自得

抹去竹席埃尘，躺下肤凉心静。
管他熏风搜身，我自闭目养神。

2019 年 9 月 12 日

忆秦娥·看市井灯彩联想

天风歇，西山遥看东山月。东山月，秋高云淡，月光
银洁。　　八横八纵穿城越，城乡处处灯花结。灯花结，
江山无限，梦起中国。

2019 年 9 月 12 日

漫道人生

漫道人生苦与甜，来如流水去如烟。

凌云有梦终为梦，衣食无忧却似官。

喜度春秋甲子过，恰逢盛世乐天年。

少操来日知多少，着眼晨曦莫等闲。

2019 年 9 月 21 日

满庭芳·怡年乐世

月过中天，露沾萋草，舍外山色秋深。菊香金翠，萤火闪秋林。忽卷秋风断续，凉浸夜、渐觉寒沉。添衾罢，温存恰适，小憩养精心。　　忆少郎往事，点灯拨捻，默默书音。任稻场，伴儿嬉戏追寻。总把心收卷里，秋进学、书讲乾坤。如今景，怡年乐世，静处听风声。

2019 年 9 月 21 日

113

西江月·车中夜行

霜月高悬碧汉，一行昼夜繁忙。蜿蜒高速探灯长，车外山河丽壮。　　昨日寻源异地，今时货已来场。全凭国策助荣昌，且与梦中相向。

2019 年 9 月 21 日

岁月联想

无限情怀无限诗，一生苦乐自相知。
兴观群信皆言志，策论点评真学儒。
践实齐身随笔走，洛阳纸贵壮心痴。
无为岁月空流去，又到枫红落叶时。

2019 年 9 月 26 日

踏莎行·飞渡

云渡碧空，苍烟夕照。南飞雁去思年少。几番穿越梦回时，旧家庭院留青草。　　明月生辉，山川怀抱。秋天壮美春知道。松枫北国恋江南，晚风撩动相思老。

2019 年 10 月 5 日

临江仙·六十五岁抒怀

矢志丹心为家国，耆年热血从容。身临困境气如虹。尽心专事业，虽挫自存公。　　龄近古稀无愧色，初心坚守襟胸。休言福贵两难同。凌空观莽野，百业正腾龙。

2019 年 11 月 5 日

感　事

阴霾蔽港色灰灰，何日江头彻底归。
不见港湾传好信，尚闻外力耍阴锤。
边筹自古无中下，朝野于今有是非。
日暮平沙秋草乱，涛翻鸥鸟浪头飞。

2019 年 11 月 21 日

满庭芳·读《清泉诗词》有感

古朴《清泉》，诗词荟萃，新声雅韵清圆。老来寻梦，
逸兴至欣欢。众颂恰逢盛世，砭时弊，巧点江山。青松劲，
百花竞放，喜见小花鲜。　　　　情缘。同挚友，遨游诗海，
恨晚扬帆。赖社友、相扶竞越礁峦。手捧《清泉》吟咏，
良师众，磋切其间。情如故，诗思慧眼，一绪越千年。

2019 年 11 月 26 日

116

山坡羊·释怀

人生尽趣，穷通过隙。此生洒尽伤心泪。运低迷，谈何期。青山留得无后虑，尘世开来得失疑。进，也当机；退，也当理。

2019 年 12 月 11 日

水调歌头·寄意远方学子

山川柴门外，都赋我心中。碧空云缀万里，忽现又无踪。清爽晨光莫误，勤向书中问策，欲借古筝风。曲和流笺谱，弦弄拨心钟。　　借高阳，舒远目，意相宗。大鹏阵阵归去，太白鸟道通。峰岭银装积顶，陌上绿芜凋敝，晚节慕青松。眉凝一长啸，心绪寄高鸿！

2019 年 12 月 16 日

浪淘沙·心思序曲

冬至滚寒流，烟浪悠悠，时光长逝演春秋。会驶船行千万里，击浪飞舟。　暮老不思休，乡梦浓稠，儿时记忆刻乡愁。莫待杖朝归故里，空氅貂裘。

2019 年 12 月 22 日

摊破浣溪沙·冷风流

月上蛾眉似小钩，寒光积雪映边楼。默听银河无响水，静幽幽。　鸿雁没回传影信，梅花未发自生愁。间有云来天色暗，冷风流。

2020 年 1 月 2 日

南乡子·夜读抒情

岁月若驹驰，鬓发稀疏染白丝。渐觉情怀宜淡泊，如斯，素食清鲜善自持。　　斗室静安栖，乐在修身正遇时。信步诗庭寻古韵，从师，默诵唐诗与宋词。

2020 年 2 月 11 日

雪梅香·何日飞鸿 <small>（用柳永韵）</small>

夕阳里，丹霞一抹半烧空。正飞思游绪，归云暗递携同。西域边城半萧索，故乡山野列枫红。且凝记，四鄂城乡，疫雾浓浓。　　城封，起三镇，卷扑城郊，渡水经峰。岂料今生，绊羁自缚萍踪。候鸟春秋往南北，鱼龙惊愕锁深宫。天涯客，满怀踌躇，何日飞鸿？

2020 年 3 月 4 日

临江仙·华夏守春天

万古江河流不断，千川径注深蓝。可怜春到不平凡。鼠年惊梦破，莺燕唤春还。　　回首中南疏残照，苍烟一抹峰峦。人间何处不经难。只因祖国梦，华夏守春天。

2020 年 3 月 8 日

鹧鸪天·暮色苍仙

谁道人生不尽情，青丝白发伴行程。万顷碧树生春色，千里青山落暮云。　　何事业，底功勋，百年五十已中分。而今遇事尚偏慎，再无青涩狂放吟。

2020 年 3 月 12 日

鱼游春水·感怀

离愁心上住，卷尽风潮推不去。院庭青草，又送一番催句。路远天高羌如梦，诗就香沉花不语。萦思两边，腾烟千树。　　犹记新疆尘路，精气神均长自度。天涯几度微书，知春速去。燕舞莺飞啼鹃炉，蝶戏蜂鸣游鱼去。如斯昼夜，情怀无数。

2020 年 3 月 12 日

唐多令·游丝萦怀

何不上兰舟，一同江上游。谒东坡、赤壁亭楼。因付此身无奈举，征思断、泪凝眸。　　堆事积成丘，欲停又不休。遗爱湖、碧水银钩。梦里小舟摇橹棹，波斯起、恋黄州。

2020 年 3 月 14 日

夏初临·感怀

　　沐雨迎风，感时怀景，萌生结伴春游。池堰河塘，水清鸭戏蛙投。晚春桃李方遒。更临晖，燕鹊交流。顽童蹦伴，农人理土，街市盈稠。　　蓦然回首，四十年前，作耕样板，梯步田畴。春芽抃露，迷蒙泛起神游。怅惘情收。镇无聊、掐叶娇柔。到村头，绿柳炊烟，都听莺喉。

2020 年 3 月 16 日

读毛主席诗词有感 （二首）

长征万里赴戎机，马背吟成万古诗。
不可沽名钟山赋，沁园春雪伟人词。
轻飏杨柳重霄九，奋起金猴展红旗。
正气浩然冠今古，苏辛李杜未足奇。

主席诗词世绝伦，生涯名句古今吟。
京都一语当站起，玉宇从今气象新。
橘子洲头留壮志，会当水击挽苍生。
中华儿女多奇志，世纪新篇大国魂。

2020 年 4 月 27 日

满庭芳·持恒

　　花絮风轻，苇芦叶乱，夜阑玉露纷争。霁天空阔，云淡楚江清。独启孤篷小艇，惊心过、烟渚沙汀。瞭情远，波波慢卷，牵动一河星。　　时时，回首看，行舟浪里，可有忘形？任谁笑生涯，莫过持恒。常有悲欢醉卧，尘劳事、耳语谁闻？光阴速，业生未尽，沧桑致深情。

2020 年 5 月 15 日

好事近·征途

　　斗胆上西峰，孤绝去天无尺。乘风下临商海，数烟帆历历。　　贪看云气舞青鸾，归路已将夕。多谢天公风朗，展征途业绩。

2020 年 5 月 17 日

沁园春·乐世闲情

月落西陲，日起东篱，晓枕睡隅。老妻忙唤起，早餐设局，新炊馍点，小碟蔬舒。饱后欣然，棋亭荫柳，闲叟围看兴有余。布棋局，把从前荒秽，落子驱除。　　且将闲暇充愚。任人笑、棋风讧闹输。念老来何作？无他长计，欲求安稳，巧避崎岖。达士声名，贵家骄慢，甚好胸中一点无。寻乐处，看膝下儿女，代继诗书。

2020 年 5 月 23 日

诗咏志 (二首)

贪念必蒙尘，诗情写本真。
守成是志者，旷达作贤人。
尚溺豪筵趣，焉能泽畔吟。
欲修真国士，先弃宴中珍。

人老精神在，心痴义未衰。
还期千里愿，尚有一书怀。
壮笔春秋史，良言社稷才。
浩然山海气，伴我素行来。

2020 年 6 月 23 日

风入松 · 赶考

城乡幽静考场森，场外揪心。公平争竞知何极，年年是、匹马孤征。观看好花结籽，暗惊新笋成林。　　岁华学业苦相寻。好梦撩人。书生智习五车醉，兵过河、卒步纷争。鸿鹄尽知天阔，怨鸣雀懒山深。

2020 年 7 月

苏幕遮 · 夜风清

夜风清，天山雪。寒锁秋光，松翠枫红叶。千里云涛飞雁别。陌草拈珠，似客晶莹洁。　　远登高，遥思切。沐旅秋声，盛世逢双节。长治久安中国热。各族同心，恩享高秋月。

2020 年 9 月 29 日

125

无　题

耿直怀真意，坚强善必彰。
秋山多静气，高月带幽光。
奢傲始终败，朴谦方自强。
落花风雨过，谁管几红黄？

2020 年 10 月 7 日

学　养

修学以致用，非为显名扬。
论事循公理，立言重义纲。
空浮虚作势，浅量戏规章。
欲效真名士，先除小肚肠。

2020 年 10 月 31 日

126

卜算子·霜路

雪意裹寒云，池堰生冰溜。一样眉痕两样描，月影初三瘦。　莫到短长亭，未是愁时候。惆怅黄昏风又催，滑着寒霜走。

2020 年 12 月 17 日

民　忧

黄沙白雪掩寒枝，大漠西风凛冽时。

承诺工薪冇资到，焦心民友几人知？

无垠瀚海胡杨泪，有道情怀塞外诗。

岁月辛劳和汗种，心中颗粒日迟迟。

2020 年 12 月 20 日

醉落魄·寥廓江天

貂裘虽卓，寥寒难抵西风作。月昏星暗银河陌。霜露银新，好似雪花落。　　芝兰雅室跟君约，娇羞也放三分萼。寒凌轩外古楼角。寥廓江天，都向梦中觉。

2020 年 12 月 25 日

老夫之梦

儿孙孝顺老妻疼，邻里相安笑脸迎。
好友亲朋常聚首，清音雅韵顺聪听。
诗书棋剑皆无歇，烟酒茶糖尽所能。
景物山川留足迹，无灾无病倍精神。

2021 年 1 月 12 日

自 在 游

学史参禅似，相将诗与茶。
案前如出外，羁旅亦归家。
超脱乐心静，拘泥枉自嗟。
闲云任舒卷，自在落开花。

2021 年 1 月 18 日

风流子·牛年

东风醒大地，年华换、万众盼新筹。见又吐梅英，柳舒芽蕾，美成春色，立上枝头。君心悦、蓝天云漫卷，大地水长流。路网密罗，生机原野，欢歌莺燕，国振方道。

庚年多磨砺，常记取、浑似梦里浮游。谁念断肠过往，羁旅行愁。算地久天长，千行百态，奈何魔瘴，此恨难休。辛丑待将说与，耕读恒修。

2021 年 2 月 3 日

129

情景交融

室中愁意绪，户外有峥嵘。

春到花争艳，城乡日与荣。

穷通随宿命，荣辱伴征程。

知足无余事，忙人羁旅拼。

2021 年 3 月 9 日

卜算子·赋人生一味

岁月最无情，苦短人生梦。已逝韶光不复还，晚景宜珍重。　　名利似云烟，忧乐终身共。苦尽甘来一路歌，畅享黄昏颂。

2021 年 4 月 4 日

声声慢·思远

思翻溢溢，惨冷兮兮，柳风细雨滴滴。飞起沙尘乱绪，怎生将息。东风愿扶柳绿，但冷云、却来横袭。恨几许，对无情，切盼哈密春碧。　　春照棉农阡陌，地开暖、萋萋草原柔立。翠鸟流溪，更有牧歌横笛。春邀与人共步，建高瓴、尽情西域。夜幕落，任思远余情弄笔。

2021 年 4 月 10 日

浪淘沙·通达情怀

美景在斜阳，无限风光，识途老马记初乡。回首青春多少事，荡气回肠。　　镇日细思量，慎重康强，重家重友重平常。礼义诗书为宅宝，福自无疆。

2021 年 4 月 12 日

行香子 · 夕下情怀

　　离退休闲，颐养天年。逢盛世敬老尊贤。顺时生态，晚景暄妍。向月湖畔，文昌阁，大河边。　　凭轩尽目，蓝天遥望，阔宇霄蔚碧无边。盈庭花草，宅史书篇。可感时写，兴头抒，尽心编。

2021 年 4 月 19 日

浪淘沙 · 抒怀

　　岁月太匆匆，转瞬成翁，恍如昨日是儿童。半纪春风秋雨过，晚照犹红。　　往事沸胸中，道远征鸿，不争名位不贪功。心里常怀前进曲，坦荡从容。

2021 年 4 月 22 日

132

九张机·弄里情怀

一封书，未曾开口暗唏嘘。心中四十余年话，怀思未减，欲言还涩，应恐笑痴愚。

二封书，万言能寄我心乎？姻缘尘世悲离合。不言愁恨，不言憔悴，谁信有知吾？

三封书，自君离校信音无。邪思镇日慵无力，茶无香馨，饭无津味，独自闭门居。

四封书，风言风语满邻居。家人怕听人言恶，低头无语，吞声忍气，无法解长吁。

五封书，官员父母荐媒妹。终身大事难由我，千言无解，逃门避诺，背井始为图。

六封书，青春二十五龄余。新途另辟除枷锁。决心远走，顶天立地，翻做莽狂夫。

七封书，当年梅约与君书。凌霜傲雪维摩诘，寒香四溢，时过难折，珍视本根株。

八封书，心痴当悟莫迷糊。存仁解结祈天佑，情缘畅享，时光淡抹，茌苒自心舒。

九封书，人生两地水成渠。冰河念想存心底，初心未愿，老虽稍憾，以此立新都。

十封书，悠悠往事忆如初。心清纯洁天知晓，一回梦幻，一场顿挫，一卷无题疏。

2021 年 4 月 19 日

知 行 悟

有无来世已存疑，悟道真诚不可欺。
子欲善亲亲尚悦，知行合一致良知。

2021 年 4 月 29 日

咏 影

也似人来也似仙，有形有影静而玄。
向阳出外影余后，背月归家影在前。
牍案灯前同执手，时光磨砺亦随缘。
朝前品茗争先润，斟酒擎杯共敬贤。

2021 年 5 月 16 日

采桑子·感悟

当年学校天天见，意气冲云。轩宇传神，岁月青葱直率真。　　天公编撰人生旅，罢了青春。倦了红尘，却把斜阳仍照人。

2021 年 5 月 25 日

看诗词大会赛事有感 (二首)

诗坛百花竞芳菲，对决巅峰雅士擂。
寻梦风骚拼宿夕，英雄煮酒伴青梅。

心中诗赋唐和宋，意境幽深神鬼惊。
欣见青山新雨后，大江东去看潮生。

2021 年 5 月 26 日

万斯年·老来感悟

世路风情今已醒，往复干支循日永。年年春去又春来，当窗映，思流景，往事行规当记省。　　河里鸳鸯戏交颈，云破月来花弄影。初心不惑夜明灯，风不定，人当警，足令耆年无愧影。

2021 年 5 月 28 日

鹧鸪天·天涯梦

物换星移说梦华，莺歌燕语漫天涯。草滩常奔寿仙鹿，鸳鹭时栖浅渚沙。　　今古事，古今嗟，大江东去水生花。驼人自爱寻芳草，走遍天涯仍想家。

2021 年 5 月 31 日

霜天晓角·给花期岁月的人生

　　夏来炎作，更着罗衣薄。坛上初开红芍，窗轩外、暑风掠。　　景情皆有托，何起何零落？岁月花期无约，全当是、与求索。

2021 年 6 月 15 日

点绛唇·但愿人长寿

　　大漠天山，苍茫望断消人瘦。故园离久，可比当年秀？　　向念悠悠，夜梦埧中走。乡亲胄，举杯东叩，但愿人长寿！

2021 年 7 月 14 日

清　欢

叶动清风起，鸟啼晨更幽。
一键纵千里，书到庆方舟。

2021 年 7 月 17 日

玉楼春·忆风尘

出走之情焉有价，摘得天涯风景画。此身凄苦跨征鞍，
知是阿谁扶上马？　　河里石头该摸下，更忆邓公言此话。
人生百岁梦萦身，过眼云烟成梦化。

2021 年 7 月 19 日

齐天乐·悲汉叹楚

　　席间谈笑千秋事，江山美人何苦？醉眼横空，寒星点点，天上人间相顾。虞姬绝舞。楚歌泪千行，英雄回顾。尸骨成灰，霸王垓下断肠处。　　刘邦巾帜独树，若鸿门命殇，汉室谁主？驰骋疆场，江山一统，封建王权庙宇。岂能久驻。叹自古英雄，战魂悲楚。烈火狼烟，但湮埋史署。

2021 年 7 月 20 日

旧日沧桑

　　年年辛苦为谁忙？雨读晴耕夜漏长。
　　多少春晖游子恨，不堪重展旧时光。

2021 年 7 月 26 日

清平乐·情芳

　　左公柳立，续百年奇迹。圣地神光犹未息，旷野茫茫空碧。　　瀚海拜祭朝阳，路林昂首穹苍。已是先民相聚，西域情汇东方。

2021 年 7 月 29 日

贺圣朝·朋友 (拟古词)

　　长亭把酒留君住。莫匆匆归去。多年情谊，远相离，更兼程风雨。　　秋来春去，砺磨几许。念离歌心语。不知来日几多秋，又团圆何处？

2021 年 7 月 30 日

临江仙·叟者之声

　　一切都在平凡中度过，平凡的人生恰似沧海一粟。田园里不知所以的感叹，折一枝秋菊，赠平凡的你，也赠平凡的自己。为使人生尽开颜，叟者不觉霓虹下。困惑之余，自题一阕，作便自律，聊以为寄。

　　凉爽秋风微雨过，流光瘦减年华。人生漂泊岂无涯。浮云无迹过，凉热煮成茶。　　还忆经年多少事，常思乡土农家。千山远隔望烟霞。沧桑人染去，双鬓落霜花。

2021 年 8 月 18 日

满江红·自感

　　世事多艰，志存远、未曾迷醉。尚记得，过河摸石，众人相视。惨淡经营边塞月，蹉跎度岁青衫泪。也冠名、终未负初心，方才是。　　天有道，翻新戏。争竞烈，多奇子。用真功磨杵，报公伸志。宠辱自关天下计，荣枯休论人间事。怎能忘、砥砺百年身，终其矣。

2021 年 11 月 26 日

清平乐·人生路

寒天光少，天淡无飞鸟。一派凄凉侵蓑草。吹冷西风残照。　　平安犹记心头，路滑雪卷城幽。嵌入人生几曲，难忘边塞乡愁。

2021 年 11 月 28 日

满庭芳·任遨游

镇日辛劳，虽求微利，都言为国争光。人生过往，休论弱和强。夕照闲身未老，云鹤去、南北他乡。途多舛，百年磨砺，有梦则翱翔。　　静思尘世路，不经风雨，怎见虹光。华颜在，为人低调何妨。生长泱泱华夏，花竞放、朵朵高扬。遨游处，山河壮丽，处处满庭芳。

2021 年 12 月 7 日

无　　题

人生际遇得之天，时有骄阳时有寒。
西望朔风观远景，水光山色两悠然。

2022 年 1 月 5 日

心　　声

残门锈锁久不开，灰砖小径覆千苔。
无名枯草侵庭院，一股心酸涌泪来。
忽忆当年高堂在，也曾灶下暖锅台。
恍如娘在唤儿醒，睁眼无处诉衷怀。
居异地，望乡台，重回故里似客来。
堂前空留教子棍，从此难入双亲怀。

2022 年 1 月 6 日

闻鸡起舞

东方破晓满天星，起舞闻鸡豪气凝。
太极刚柔随乐曲，广场舞蹈伴歌声。
畅游诗海阔胸臆，博览群书见达人。
生命不休无驿站，白头依旧奋蹄行。

2022 年 1 月 24 日

如梦令·追梦

谁在案前独坐，孤影翻成两个。灯熄欲眠时，影也与
人别过。难卧，难卧，追梦无眠是我。

2022 年 2 月 26 日

西江月·善勤者

岁岁春潮依旧，勤工结队成狂。巷街深处见人忙，进取与时模样。　　不觉车来路往，他乡又见同乡。人生有梦跨枯桑，尽付当前梦想。

2022 年 3 月 9 日

踏莎行·高朋记

高铁朝开，鹏程夕至。故人相见犹堪喜。春耕忙碌不须回，点开微信难为对。　　咏觉身轻，天知云意。吹风渐酿成归计。有朝一日水边吟，风光溶作高朋记。

2022 年 3 月 18 日

临江仙·读史有感

但见千年西北路，春风不度阳关。长髯荒漠尽苍颜。尘沙昏日月，瀚鸟唤春还。　　西汉功臣标史籍，狼烟风起陲边。英雄出塞破西天。平羌飞马踏，忠使汉张骞。

2022 年 3 月 29 日

临江仙·赶路人

回忆当年西北路，曾经多少伤痕。沧桑岁月去无声。置身于铁建，搏付到如今。　　几十年来如一日，芒鞋踏遍荒尘。暮年有幸看新晴。蓦然追往事，不负旅途人。

2022 年 4 月 6 日

146

临江仙·长宴人生感味

常念亲朋来去，也忧席散离匆。沧桑岁月烙华容。行云高处走，日落暮天红。　　飞鸟闻香化凤，游鱼得味成龙。岁月静好话情浓。孤帆若去远，还看顺江风。

2022 年 4 月 10 日

卜算子·问道

本是一凡人，难作前堂客。半卷怀中经略书，休论云天阔。　　世俗图利名，取舍量冠褐。论到人生三观①时，对错方能察。

2022 年 4 月 11 日

---

① 三观，指世界观、人生观、价值观。

147

浪淘沙令·乐在人间

春雨湿泥丸，风过吹干，梦佳不觉五更寒。久在西疆虽是客，切记三观。　　劝学有遗篇，积步成欢，闲思过往不言难。心有阳光常自在，乐在人间。

2022 年 4 月 26 日

重读《琵琶行》联想

曾记当年晨送客，天山回望一轮月。
候机坪外几多情，当时无语先凝咽。
红颜不为谁别容，相遇天涯同道悦。
今夜重温故友行，梦中还逐千千结。

2022 年 4 月 30 日

148

清平乐·闲索

乱云几许，隐隐天将雨。还我人间消炎暑，分得偷闲一处。　　阴极阳触惊天，空际云卷云颠。今夜梦巡何处，思绪飞出窗栏。

2022 年 5 月 30 日

临江仙·自嘲

身在大千和尘界，方知人世难行。不须数说人比人。日时同轴过，得自见分明。　　春夏秋冬人历去，几多苦酒留痕。狂歌醉饮短为吟。不因歌自我，谦朴应长鸣。

2022 年 6 月 2 日

附：江林军《临江仙·和友思兄》

奋搏西疆敲世界，千锤百炼晨昏。齐心号子遏流云。复兴中国路，大漠碾狂轮。　　谁晓驱车移大帐，帐前都是亲人。艰难险阻苦经身。酸甜都化雨，泽惠及于民。

149

邻　陌

家住河边印水旁，高楼香桂四时芳。
楼上楼下知何姓，烟火情缘各自长。

2022 年 6 月 25 日

江城子·为学古诗自多情

古诗读罢每如新。仄平遵，句清新。觅得真师，真语作真人。诗圣贤能词中见，知世故，奋传薪。　吟词豪放自多情。吐心声，溢精神。似诉如歌，养性自当尊。霜发童心珍暮霭，风流事，笑天真。

2022 年 7 月 7 日

乌夜啼·人生吟

几阵微风拂柳，炎炎暑气熏纱。蜻蜓点水寻凉夏，夕照又红霞。　竹简难消思绪，时光磨尽年华。杯杯苦酒浇心里。如梦过生涯。

2022 年 7 月 9 日

150

卷四　物候寄兴

中秋月色

宫婵送暖别西厢，薄月池边影入墙。

云叠谁家花落雨，山遥话别路微凉。

挨墙黄菊露头早，斟酒银杯惹暗香。

待到明年仲秋夜，再观旧景可如常。

2017 年 10 月 4 日

女冠子·深夜花素

夜深花素。杯光夜醉晨露。星空棋布。银河两岸，信男善女，牵情无数。池塘分月影，月下花丛，倚依倾诉。飞蛾化蝶，举目瑶台，八仙候处。　　眼中情、提笔成诗句。有谁知、山里也常佳人舞。圣贤方渡。梦到天宫去，衣衫沾露。越千年往事，几多感叹，几多辛苦。逝川船票，寺钟依旧，落霞孤鹜。

2018 年 6 月 23 日

153

诉衷情·荷花芍药斗馨香

荷花芍药斗馨香。夏日更骄阳。远峦山色如画，溪悄进池塘。　　流水淡，夏天长。暑蒸茫。望高天远，鸿雁飞翔，雁阵人行！

2018 年 7 月 8 日

西江月·天上繁星正照

天上繁星正照，林中鸟语相亲。闲来自觉满精神，心海风平浪静。　　犹喜城郊花草，更听林外莺声。登楼揽月寄吾身，春远暮迟康景。

2018 年 7 月 13 日

朝中措·夏风吹得雨声哗

夏风吹得雨声哗，浪卷渡头沙。且被菊花冷笑：人生苦恋天涯。　　篱间燕雀，焉知鸿鹄，穷远迎霞。含得雪莲一朵，归来抛向谁家？

2018 年 7 月 15 日

大 江 声

我为眼前气势惊，奔腾起伏大江横。
激荡顿觉功名贱，忙碌多因叹此生。
江水哪管晴与雨，浪花带走浊和清。
江流人似奔腾意，千古流淌日月声。

2018 年 7 月 30 日

夏　雨

方从晨雾出，又见雨淋丘。
柳叶风裁剪，杜鹃花怎留。
风打蓑衣湿，江上竹排悠。
如闻子规语，就业住房愁。

2018 年 7 月 31 日

读　秋

秋风又作无情意，满目红枫满地栖。
星座闪移眼带趣，长流溪水不回西。
尽吟煮酒春秋事，登顶泰山晨日曦。
金盏此时直须待，菊花开后看东篱。

2018 年 8 月 10 日

阮郎归·秋景

秋高气爽映天光，云随风慢翔。酒红羌笛舞悠扬，乡愁恋故乡。 葡萄熟，菊簪黄，梦中理旧狂。信天游唱唤天凉，空灵走四方。

2018 年 8 月 10 日

忆秦娥·秋月

金秋节，风和日丽长天歇。长天歇，年年此季，壮怀轰烈。 群山依旧多葱郁，匆匆行客千秋月。千秋月，东山月上，万家腾悦。

2018 年 9 月 11 日

沁园春·月到人间

流水潺潺，岁月如歌，又是月圆。叹繁华镜里，阴晴自若，风霜尽染，心向云端。敢问鲲鹏，与谁为伴，漫解秋风好弄弦。访名处、望岭南塞北，景色依然。　　粗茶淡饭三餐，放得下、鸡鸣欲晓天。看人间过客，跃飞燕子，纷纷觅食，漠漠迷天。万象光临，九天阳泽，竹菊题诗梅与兰。惊回首，仲秋明月到，送与人间。

2018 年 9 月 11 日

秋之感怀

秋风山静入斜阳，独立疏篱听晚凉。
残叶枝头香未尽，临风菊蕊吐芬芳。
愁看塞北三乌鸟，坐等南山一凤凰。
自要竹虚存气节，西疆柏柳傲寒霜。

2018 年 9 月 13 日

踏莎行·在金秋

　　翠柳生烟，秾花滴露。河旁别语低低诉。清涛拍岸月如霜，笛声飘向黄河渡。　　岁月难留，伊人且住。天长地远迢迢路。君行万里满春风，年年相顾金秋赋。

2018 年 9 月 14 日

江城子·寒露

　　秋风夜里尽吹窗。月光凉，又何妨。寒露清心，红叶带微霜。大漠秋云鸿雁去，人独立，漫思乡。　　如今天气渐趋凉。说心肠，想儿郎。遥想同人，诚友在家乡。凉食单衣寒不耐，多保暖，重安康！

2018 年 10 月 8 日

重阳节遣兴

云丝雾絮转炎凉，换了人间秋后妆。
昨夜向窗飘雨细，今晨自感冷风伤。
依依枫柳谁教舞，滚滚波涛空自狂。
但看晚霞落天外，重阳邀我染秋霜。

2018 年 10 月 15 日

霜天晓角·桂花香

　　清晨，少珍学友在"龙高群"送来一首桂花
香清曲，酣畅淋漓，心悦之余，随风飘来《霜天
晓角》，供大家赏析。

　　桂花对酒，醉倒风前柳。若问看花情结，何花好？桂
花首。　　休为西风瘦，痛饮桂花酒。自古岁月苍莽，桂
花香、桂花友。

2018 年 10 月 16 日

减字木兰花·秋痕

别离无据，万水千山何处去? 少了音书，秋风荡开窗外雨。　　故乡秋好，叶落满园须自扫。直目秋痕，同是相思离别人。

2018 年 10 月 16 日

蝶恋花·秋雪

这场大雪来得快、来得早! 切莫误了工农业生产啊!

昨夜西风行脚定。迪化城山，大雪收秋景。灯火万家归寂静，星河清梦楼窗冷。　　懒起晨曦城郭醒。车马喧嚣，不忍熙熙听。银絮飞来花树竞，溪流推浅花银韵。

2018 年 10 月 18 日

秋空静好

秋气暗香动，天道自流金。
雁阵成人影，菊丛养清心。
晨曦潭水静，暮色碧林深。
未到霜封日，为谁吟古今。

2018 年 10 月 21 日

哈密初冬大雪

伊州冬夜雪初飘，拂柳寒风尽折腰。
素裹冻山室春暖，倚窗对景独吹箫。

2018 年 11 月 13 日

雪 梅 (二首)

九宫抛下白银飞，路上行人寒欲摧。
逸韵高标似相识，梅香吻雪待吾回。

梅仙昨夜下瑶台，挥舞空天滚滚来。
不怨寒风吹彻骨，经霜傲向雪中开。

2018 年 11 月 13 日

寒夜听雪寄友人 (三首)

皓皓今宵雪，悠悠荡寸心。
西风情拂我，知是已寒冰。

原驰蜡象远，大雪掩无痕。
夜静闻羌笛，顿觉岁华新。

千里莽原雪，清辉不染尘。
静听古筝曲，月照远山明。

2018 年 11 月 14 日

霜天晓角·梅

　　积霜成雪，受尽寒冰折。峭壁一枝似铁，浑不怯、寒身彻。　　清绝。花特别。冰心映寒月。原没春光调趣，寒冬俏、任凭说。

2018 年 11 月 21 日

感恩节清唱

　　黄河涛涌，长江浩荡。感恩之水，源远流长。
雪山融潜，雨露阳光。无疆大爱，情系四方。
感恩大地，万物生长。感恩高天，碧空鸟翔。
感恩江河，鱼跃帆扬。感恩先烈，为民国殇。
感恩华夏，原沃花香。感恩父母，龙凤呈祥。
感恩师长，惠风和畅。感恩同事，共业荣光。
感恩人间，谐谊情长。感恩缘分，地久天长。
感恩善友，至老不忘。感恩之歌，自咏自扬。
天地君亲，箫引凤凰。薪火相传，代代朝阳。

2018 年 11 月 22 日

忆秦娥·梧桐寒寞

　　雪原漠，银光平野烟云薄。烟云薄，归巢百鸟，暮天苍却。　　烟香烈酒情怀恶，西风摧过梧桐落。梧桐落，唤来寒色，独怀怅寞。

2018 年 12 月 12 日

冬　　至

　　山中走兽云中雁，腹地牛羊海底藏。
　　唤来宾朋座上客，还是冬至饺子香。

2018 年 12 月 22 日

春节村景联想

乡村处处鞭炮声，家家户户闹新春。
但愿新年更遂意，凡成善果必善因。

2019 年 2 月 2 日

新 年 好

踏雪寻梅忘此身，忽闻爆竹报新春。
回顾人生多少事，向前携手步长征。
举樽把酒高天乐，倾耳常闻故土音。
挚友亲朋常有约，梅兰吹醒又逢春。

2019 年 2 月 3 日

临江仙·春回大地

涌动春潮风送暖，青山远隐云霄。平生有否立新标？童年多少梦，历尽方知遥。　　燕语呢喃抽条柳，声声啼唱春娇。江河静处听狂飙。腾空晨雾至，和日正升高。

2019 年 2 月 8 日

咏 梅 （二首）

有梅有雪爽心神，雪来诗意自生成。
昨夜天公抖飞絮，雪携梅香逛新春。

云绕前山水绕村，远凝崖峭似佳人。
天寒地冻生香去，晨看梅花化作春。

2019 年 2 月 10 日

元宵月朗

今夜家乡月，上元灯火明。

重温游子梦，倍觉故园情。

松竹迎春意，梅兰气韵清。

砥砺四十载，归去月圆盈。

2019 年 2 月 19 日

大地春回

大地春回放眼瞧，铺红抹绿倩谁描。

远山横黛新添绿，人字雁行越紫霄。

2019 年 3 月 6 日

听 蛙 声

荷塘水涨草离离，惊蛰蛙鸣似鼓吹。
休道青哥伏井底，一声声里备耕时。

2019 年 3 月 6 日

莺啼序·梅意

梅花有志，冬春之际，不畏寒情，把时光转
换，做人若斯，岂不善哉！

春寒袭林暗损，致枝凉叶未。寒威慑、南雁归迟，不
渡江北梨卉。怎生料、冰河顿失，梅开北岭枝枝醉。把催
春、枝托清香，润泽朝气。　　独放之时，蕊寒萼瘦，喜
怡然顶蔚。弄疏影、勃勃生机，凛然香凝冰坠。恰风流、
依寒料峭，笑天下、皆从冬累。月残时、雪落陪梅，为谁
添岁？　　铮铮铁骨，傲立凌寒，致高不媚使。看世上、
万千花卉，雍贵牡丹，芍药蕉仙，择时佳荟。唯疏梅骨，
艰辛岁月，质藏无限惊凌世。逆风霜、不为寒时退。英姿

169

爽蕊，暗香风动幽幽，笑看泥瓣尘碎。　　清风素影，暗
度天音，谏众君我辈。切莫被、桃拖梨累，不尚荣华，傲
立方崖，情通万类。清孤不寂，抛离庸市，昂头铁骨正气
锐。动梅香、执一梅花贵。美哉天赐精神，秀骨廉清，把
山河缀！

2019 年 3 月 17 日

语对青山

——春感

洞开窗牖对青山，日日青山入眼帘。
我问青山何日老，青山笑我几时闲。

2019 年 3 月 25 日

左 公 柳

左公柳茂几多春，始见长条吐绿荫。
万里绿荫堪作帐，枝枝垂问路边人。

2019 年 3 月 29 日

浣溪沙·春寒

春日花深梦旧游。夕阳无语燕归愁。花香风动柳钩钩。
落絮无声春堕泪，行云遮影月含羞。阳春临晚冷于秋。

2019 年 4 月 8 日

洞仙歌·春梦

清明过后，花展迷双眼。昨晚春寒与谁伴？酒盈樽、眺望河汉星灯，人难寐，高枕研书解倦。听三更外雨，远处鸡鸣。　　世事红尘弄谁怨？欲试问苍天，云去无声，随风逝、今生恨短。但还算、平生好诗书，纵然暮年时，尚须磨卷。

2019 年 4 月 8 日

阳春三月

南国花香北马蹄，戈滩一望草萋萋。
一声雁叫春去也，青山绿水送春溪。

2019 年 4 月 11 日

踏春见游客即景

踏青处处花枝摇，客来风动柳丝涛。
借问春光谁执领，双双蝴蝶过溪桥。

2019 年 4 月 14 日

春 秀 图

东去长江万里遥，浪花涌动水波涛。
两岸秀色关不住，汽笛扬帆赶春潮。

2019 年 4 月 15 日

172

卜算子·离春念春

　　勾指数春来，弹指惊春去。蛛网林中绕春花，真想留春住。　　来日喜春晴，今夜愁春雨。春色千山啼鹧鸪，总是伤春句。

2019 年 5 月 1 日

春日即事

　　晨起开帘推轩窗，忽闻兰花一阵香。
蝼蚁也知春色好，倒拖花瓣入蚁房。

2019 年 5 月 3 日

浪淘沙·春景难留

春色去难留，花落涓流，年年四月伴花愁。欲觅天涯芳草地，望断凝眸。　春燕绕梁头，日暖风柔，纱窗卷起雨初收。纵使明年春又到，还隔今秋。

2019 年 5 月 7 日

夏初即景

纷纷红雨舞窗前，树躲花尘蝶尚怜。
浅草迎风湖水绿，钓翁斜线竹竿悬。
夏来喜去阴凉境，帘卷常窥紫燕翻。
芳草青青情脉脉，夕阳远恋大青山。

2019 年 5 月 9 日

鹧鸪天·夏

绿染千山竹掩墙，乱蛙戏水小池塘。惊空白鸟时时见，照水荷花阵阵香。　　村舍外，小城旁，曲音徐步转斜阳。天公怜悯三更雨，又得浮生半日凉。

2019 年 5 月 9 日

望江南·夏景写意

夏阳艳，浓绿掩平沙。山外啼莺归旧宅，分飞劳燕落谁家。松竹正争华。　　熏风起，江岸笼青纱。鸥鹭多情连碧落，纤云着意穿朝霞。美景接天涯。

2019 年 5 月 20 日

君 子 兰

兰花馥郁四时青，娇叶朝天总一芯。
绿蕙岂因寒暑往，芳菲慷慨报知音。

2019 年 6 月 18 日

望海潮·颂柏

千年青翠，冠针华盖，盈盈黛色参天。春霁色萌，秋
清叶茂，何须细觅流年，峦麓伟苍颜。念年轮岁月，尽立
山川。经季凌空，根盘峭壁度时艰。　　英姿鹤立如仙，
阅沧桑尘事，伴世人寰。不畏雪霜，争阳爵赐，何忧岁月
苍川，更不羡王权。只欣然承露，下吸清源。劲节钢针，
一世青绿蔚人间。

2019 年 7 月 14 日

立秋思远

江山秋影雁南飞，策马邀朋上翠微。
盛世相逢开口笑，菊花依旧向人催。
但将五谷宴佳客，不用登临恨落晖。
自古待宾均若此，毡房羌笛劝人归。

2019 年 8 月 8 日

初秋即兴

溪伴秋林下，粗茶淡饭香。
云来山翠远，风去水波长。
昔叹乡居苦，今呼市井忙。
何时归故里，堂上诉华章。

2019 年 8 月 11 日

咏　菊

炎夏多苍耳，秋来独尔香。

芳心相与契，节物自披霜。

转目容颜瘦，寒辛苦色黄。

未知陶令笔，时下也争妆。

2019 年 8 月 25 日

秋　钓

竹竿丝线直下垂，一点浮标万縠随。

眼看夕阳山外落，鱼篓装满载车归。

2019 年 8 月 27 日

秋 老 虎

世道天凉好个秋，苍穹似盖闷如囚。
九阳复活人皆怨，一羿弯弓日去留？
晨露滴身心可爽，金风卷地暑方收。
芭蒲伏虎腕疲乏，独倚门边风自悠。

2019 年 8 月 28 日

西江月·走进秋天望月有感

事过悄然如梦，人生几度秋霜？秋风落叶满山冈，月呈秋天吉象。　　不觉新凉似水，南迁大雁秋伤。人间正道话沧桑，阅尽尘红风浪。

2019 年 9 月 12 日

秋收的思考

山前山后溢秋光，田畈十里无稻香。
清风明月何人管？城间作力万顷荒。

2019 年 9 月 22 日

婆罗门引·秋尽夜思

晚鸦林动，扑姿墨影入黄昏。虽然爽景清新，却看天
边弯月，何处梦存真？叹人生甲老，自落芳尘。　　捉星
赶云。不须行者风轮。只盼梧桐枝上，留露三分。何来松
劲？成才快、继往拓来人。临峰处、紫气升腾。

2019 年 10 月 13 日

附：小儿子黄瑞的解读

我个人的浅见拙谈，看看是不是理解了老爷子的深意。
上阕写的是一个晚鸦入林的意象，表明虽然环境大好，
秋高气爽，但是弯月高挂，要想追也是需要花时间的，否

则如何才能实现自己追云逐月的梦呢？过了花甲之年，自然会零落成土，再难遨游天际，实现那逐月之梦。

下阕讲了一个方法。即使入林入世较晚，也得追月逐云之法，那就是换一条道翱翔。这样不需要非得将自己锻炼得如悟空般七十二变，也不需将自己锻炼得如哪吒般脚踩风火轮，只需借道于梧桐树上，不是凤凰也有凤凰的价值了。隐七分露三分，学那青山劲松，抓紧时光，早日成才，于那林峰之巅，大放光彩，看是否能够凭借更大的平台习得鲲鹏之力，翱翔于云端。

总的来说应该是在告诫人们要珍惜时光，知道时间的价值，把握好当下，不同的时间段学会更加有利的适合自己的方法，把握好时间，做好选择，依仗更大的平台，锻炼自己。这样不论主观或客观的暂时失利或失意，都能有机会搏得更大的成功。

秋意感吟

谁道深秋景色空，山更葱茏水更溶。

蓝天白云关碧野，苍松翠柏傲金风。

千峰染就胭脂色，万木肃成琥珀棕。

晚照暮烟笼原野，晨曦轻雾抹山峰。

人生七十自由始，夕照青山相映红。

2019 年 10 月 24 日

临江仙·友情君子兰盆景

室宅和盈清气爽，秋阳留住温馨。怜它抔土植孤根。老兰还有梦，新绿寄诗魂。　　岁月轮回寒暑易，隔帘蝶舞缤纷。花开溢氧静纤尘。阳台君子笑，独景自成春。

2019 年 10 月 27 日

立　冬

秋山秋水秋月影，闪闪银河光不定。

西卧红霞鸳鹭寝，玉露滴过香自省。

芦花飞过秋波冷，鸟作垒巢立冬隐。

肃风不尽寒意逞，广碧天空清夜永。

2019 年 11 月 8 日

水调歌头·小雪

节序循小雪，从古到如今。寒风清露相佐，别有一番清。楼内帘衾取暖，灯火万家烁动，乐世足欢情。莫指关山路，瑞雪舞丰盈。　　初冬藏，烹鱼肉，点新橙。席间酒暖心手，传杯任频斟。须惜晨餐午后，直到来年暮岁，食补乐康宁。小雪平情过，稳步向天明！

2019 年 11 月 22 日

浪淘沙·雪过春来

　　霜雪压楼栋，檐听叮咚，大街灯影夜昏红。静夜一番寒意味，春在心中。　　几见北归鸿？声达云峰，欲将寒拒九霄重。同道若缘新燕子，翼意春容。

2019 年 12 月 12 日

朝中措·雪中情

　　玉龙飞动带风华，蜡象接天涯。大地一夜圣洁，心情受感殊佳。　　清晨踏雪，擦喳趿溜，心洁无瑕。倾听万山雪语，丰年一定夸他。

2019 年 12 月 15 日

佑中华·胡杨

沙漠之中见胡杨，骨傲冠沧桑。风摧不朽，雨漂不败，任性昂扬。　　壮言寄语长生树，佑我中华强。信念不改，纵风而展，经雨而翔。

2020 年 1 月 26 日

蝶恋花·春光行

又见绿杨风上举。不语撕鞭，身摇千丝缕。碧草连天牵意绪，雁声鸣向高阳去。　　不道天涯行旅苦。只待春风，吹梦成今古。来岁客程行几许，沾衣仍是新春雨。

2020 年 2 月 21 日

青玉案·启明星

　　长亭驿站人生路，方尽瘁、风华去。世事沧桑人海度。功名俸禄，炎凉且悟，心与苍生举。　　涅槃庚子将身许，新冠频频乱风雨。寂静情回千百度，怅然回首，情肠隔阻，在启明星处。

2020 年 3 月 5 日

卜算子·梅

　　二月望春归，三月迎春到。一夜梨花满目春，更有梅花俏。　　铁骨料春寒，冷沁芳回报。未到千娇百媚时，零落含香笑。

2020 年 3 月 10 日

东风第一枝·花展

　　碧柳青茵，东风不误，香云翠雾堆满。春回大地挑帘，青翠浓妆扑面。山峦绣带，和风摇、姿柔腰软。间柳松、唤语山川，碧瓦画梁栖燕。　　晨照里、白红深浅。最炫目、杏桃花展。流年此季幽寒，夜阑凌空煞遍。惜怜情往，几日过、地天和暖。正眼前、春意盎然，还把海棠相见。

2020 年 4 月 10 日

留春令·感想

　　伊州春色，东西河畔，杏花飞雪。不见墙内老丁香，紫烟袅，相思叠。　　四十余年身骨彻，竞逐无言别。铁建平生度红尘，带路梦，情难绝。

2020 年 4 月 20 日

踏青遇雨

桃李天涯满，李熟桃渐依。
南山游牧马，天池泛涟漪。
瀚海连天际，朗声李杜诗。
鹧鸪衔春语，学舌上枝啼。
时雨何须避，凉风透庄衣。
小驹依母跃，悦性报人知。
勒缰学骑马，空山笑我痴。

2020 年 4 月 24 日

鹧鸪天·赏荷

阵阵夏风荷叶香，荷躯煮水静年芳。丛丛冠冕溜晶水，
盏盏高盘走夜光。　推波面，戏荷裳，夏云秋影恋湖乡。
污泥不蚀清香梦，胜日神交身爽凉。

2020 年 5 月 21 日

卜算子·咏竹

天性自柔强，无论何方土。破壳修长正直身，历尽风和雨。　　节骨亦虚怀，霜雪经如许。自有高风亮节时，只作梅松侣。

2020 年 6 月 2 日

雄　鸡

豪情破晓一声啼，燕雀荆丛语又叽。
一首高歌天下唱，连声振翅小窝低。
冠旌本自高大尚，斗士原来着锦衣。
大步昂头宜适道，阴阴暮色入寨栖。

2020 年 6 月 22 日

念奴娇·长江

　　高原雪化，汇百川千岭，纵横东旅。三峡雄凌沉峭壁，玉立奇峰神女。流过千湖，洲原平地，秀色江南驻。粮丰物阜，又添多少情愫。　　过尽百舸千帆，竞梭还岸，千载经风雨。多少豪雄吟丽句，感叹大江东去。鲟鳄豚游，大溪文化，水电灵魂驻。万千佳语，难言今古心绪。

2020 年 6 月 25 日

等　　待

　　碧草茵茵日已斜，草原春谢牧人家。
不知桃李归何处，更待秋来就菊花。

2020 年 6 月 29 日

季美之歌

春光媚四野，夏日火烧云。
秋月碧空尽，冬晨纳白银。

2020 年 8 月 11 日

秋　　思

秋高气爽接天涯，清露银盘湿桂花。
又是一年秋景色，秋思多入万人家。

2020 年 8 月 14 日

好事近·秋雁

极目远山秋，授意清凉天阔。多少有情烟树，年年行客别。　　松枫高下沐斜阳，夜色更清绝。排雁阵鸣故里，趁一轮高月。

2020 年 8 月 15 日

处　暑

秋色高天暑气逡，微凉钩月泻流银。
枫红已渐停风扇，遥看天河织女星。

2020 年 8 月 22 日

折桂令·中秋

银轮飞镜谁磨？光照乾坤，彻印山河。玉露清泠，银
河透碧，夜洁光波。　　旁有吴刚斧磨。难容青桂婆娑。
斟酒嫦娥。云宴开张，月下情多。

2020 年 9 月 24 日

忆秦娥·秋景情深

水清清，穿岩滴漏秋光明。秋光明，菊花盛了，蜂蝶
声声。　　一轮明月映湖心，倚栏眺望高天星。高天星，
朦胧秋色，暗送深情。

2020 年 9 月 28 日

秋 吟

秋水秋风秋味长，但知黾勉谷丰仓。
老来试笔青春梦，虚室修书岁月妆。
一亩三分自留地，只身半夜作萤囊。
人生花甲心犹泰，老马识途自认乡。

2020 年 10 月 7 日

咏 菊 (二首)

不与桃李竞早芳，惯于篱下傲寒霜。
平生未识东风面，待到深秋金色妆。

无名无位隐东篱，碧叶金英沐早曦。
自入陶公法眼后，顿教人世有香诗。

2020 年 10 月 10 日

踏莎行·庚子九阳节公园赏菊

枫叶黄红，草坪柔软。曲幽小径淙淙涧。一排红菊径边开，流连过往香迎面。　　山外飞云，天边阵雁。园前园后霜华现。当年陶令采东篱，可曾采得秋英遍。

2020 年 10 月 25 日

秋日杂感

行吟坐卧苦经秋，沙雾山云引积愁。

不信长天无丽日，最怜暮岁子孙优。

草鞋踏破荒亭路，铁马曾经旧码头。

常说五湖堪饮马，沧浪波处也行舟。

2020 年 10 月 28 日

岁末感怀

感怀岁末慰心芳，笔下松风精气香。
尘世打包华句在，烟云虽逝迹留伤。
轩开楼静日东出，暑往寒来梅作庄。
浩气长存歌日月，隆冬莫许畏寒霜。

2020 年 12 月 31 日

渔家傲·梅

蜡梅含苞谁剪壳？冷香蕊吐东风弱，梅笑雪花飘又落。
风又作，雪溅梅苞摇枯萼。　　踏雪寻梅风满壑，相看无
言心相觉，寒夜心忧梅寂寞。似我约，多愁善感情难却。

2021 年 1 月 14 日

春　回

东风吹散梅梢雪，一夜挽回天下春。
从此阳春应有脚，百花富贵草精神。

2021 年 2 月 3 日

卜算子·春唤

江南柳鹅黄，塞北望春晚。乍暖还寒草木惊，纷竞争春眼。　　鸟喜梢枝歌，人爱春光恋。倚得春风会有时，直把春来唤。

2021 年 2 月 7 日

蝶恋花·争向人间美

江岸河堤春吐翠。杨柳轻飏，活托金丝媚。巧借群芳来点缀，暖风渐拂山花蕊。　　素裹银装风雪配。夜降人间，梦醒争喧萃。雪霁春光添瑞气，春来争向人间美。

2021 年 2 月 8 日

清平乐·春阳

东风如梦，云卷千姿弄。牛踩花间青草动，忽见燕低飞纵。　　晨雾迷在山巅，众生期盼牛年。庚子荒唐归去，春阳激荡川山。

2021 年 2 月 16 日

望江南·春早

神清爽，微雨漫山腰。喜鹊叽喳天又晓，无痕霜月梦难消。风过柳花高。　　春到处，好梦自生豪。阑夜南柯牛耙地，满怀春意比天骄。油菜麦兴苗。

2021 年 2 月 19 日

鹧鸪天·春社咏怀

今夜星光格外明，上元社火点乡城。蔚蓝天际碧如洗，大地神州处处春。　　开元炮，启新程，又闻莺燕掠山村。春光催热人心骨，且看行头追梦人！

2021 年 2 月 26 日

醉太平·春时宝光

春时宝光，繁花吐芳。土泥吮吸春阳，恰人间昼长。鸠鸣在桑，莺啼在梁。行人背井他方，去打工正忙。

2021 年 2 月 28 日

饮　茶

将杯沏就忆同窗，一饮芽茶满口香。
品茗思贤情激荡，回乡隔壤意飞扬。
诗文故友牵时日，笔墨龙蛇写夕阳。
坎坷人生多少事，沉浮原在此中藏。

2021 年 3 月 11 日

观 花 圃

人间几度春风到，斗艳争奇满圃开。
万紫千红关不住，清香花蕊沁灵台。

2021 年 3 月 28 日

南乡子·雨过荫稠

雨过荫稠，燕子寻来故地游。日暮庭前翩舞步，何愁。呓语悬空又放喉。　　百草春柔，绿柳金丝拂自由。西望远山人独立，清悠。东去江河竞逝流。

2021 年 5 月 13 日

临江仙·葡萄

雪水春融流戈壁，山原遍展生机。紫葡争露百重衣。果农勤作起，疆梦绿回时。　　杜鹃日夜啼声碎，夏来常自孤离。数声唤醒剪藤枝。银铃当串串，说与路人知。

2021 年 5 月 20 日

鹧鸪天·夏景荷塘

暴风疾雨箭镞狂，朦胧疏柳映荷塘。烟凝目断千山失，水击珠成万颗光。　　心坦荡，意飞扬，尘空一洗更清凉。芙蓉出水知根壮，叶绿花馨沿岸香。

2021 年 5 月 20 日

南歌子·莫忘农时

百里青山远，风来路带沙。数声啼鸟颂年华。又是炎天时候、隔天涯。　　芒种开犁处，晨昏不在家。响镰收麦植棉花。记得农人汗洒、莫忘他。

2021 年 6 月 2 日

盛夏苍茫

最美风景在路上，最好感觉胸中藏。
不要人夸颜色好，只求清气染苍茫。

2021 年 7 月 27 日

望江南·绿意在盛夏

长炎日，翠绿掩平沙。河外啼莺归旧宅，楼前燕子到檐家。垂柳与风斜。　　熏风起，田地笼青纱。芳草多情连碧落，牛羊无意映山花。夏色染天涯。

2021 年 8 月 4 日

咏 菊 花

三伏有芳景，东篱见菊开。

繁花枝上灿，香气院中徊。

暮落朝犹发，春秋两季裁。

知君怀逸趣，相惜我还来。

2021 年 8 月 10 日

鹊桥仙·七夕

高云退隐，星河闪映，乱织离愁情缕。年年牛女会鹊桥，喜今夜、缠绵昵语。　　松山云岭，居楼帘里，恋废几多儿女。此生疑是鹊桥人，缘情满、欢期如许。

2021 年 8 月 14 日

黄莺儿·七夕赋歌

迢迢银汉相逢处。神鹊连桥，牛女灵犀，彩凤徐飞，恋魂牵渡。天上七夕情圆，地上千年慕。但知仙侣佳期，玉露金风，如此朝暮。　　谁苦？爱恨累人间，世俗红尘路。月弦花好，肃雨潇潇，风摧梧叶无数。嗟地老更天荒，别是欢情吐。但愿弥久情缘，生死衷肠付。

2021 年 8 月 14 日

苏幕遮·柳丝黄

柳丝黄，霜草软。雁列秋空，目送芳华转。云岗凄凉归路远。意绪秋凉，借酒将身暖。　　忆村庄，童趣幻。经岁消磨，梦里长吁叹。苦乐人生揉了卷。瘦减光阴，莫忘人生短。

2021 年 8 月 16 日

破阵子·深夏遣怀

自古人生梦往，情缘世路相连。岂是任凭风雨打，坎坷相随岁月间。心随梦境迁。　　但看秋来月朗，宜思世故根源。莫把真情移撂远，且与初心永结欢。同来共克难。

2021 年 8 月 17 日

西江月·光阴

秋雨轻敲暑夜，纤云飞渡重霄。日长天气已无聊，月朗天高人悄。　　远见绿荷妆谢，心随岸柳频摇。午眠又忆半生豪，惊觉光阴瘦了。

2021 年 8 月 24 日

临江仙·伤秋

入秋寒夜星河静，碧空月照中庭。临窗乡梦寄难成。几多秋色，特地却难寻。　　禁阻未消行路短，依稀暗背伤痕。闹心顿足听蝉鸣。细思暗忖，减了惜秋情。

2021 年 8 月 28 日

诉衷情·秋了

戈塬风景古今奇，大漠孤烟诗。先贤只今何在，日落已边西。　　花尽后，叶飞时，雨漓漓。更询秋了，大雁横去，在向南啼。

2021 年 9 月 2 日

江城子·白露感怀

　　枫红秋叶媚秋天。对山前，惜流年。风景离亭，衰草路无边。白露萦秋秋不住，从此去，少清欢。　　浮尘轻拂望回看。路漫漫，暗情潸。瀚海无垠，何处是超然？知是人间沧桑味，歌岁月，洞中天。

2021 年 9 月 7 日

水调歌头·清樽对月

　　但愿人长久，万事且浮休。年年秋夜光满，明月又当头。岂意边城塞下，同叙清凉宇宙，诗画寄深秋。羌笛助歌舞，瓜果颂丰收。　　羁旅客，情未已，足迹留。素娥舞袖西去，曾不为人留。今夜清樽对月，明夜银光泻地，依旧照离忧。但恐吴刚酒，相醉少言酬。

2021 年 9 月 15 日

秋　慎

炎消夏逝去心烦，气爽秋高倍觉欢。
须慎秋风伤叟体，一场秋雨一场寒。

2021 年 10 月 14 日

临江仙·重阳节感怀

漫步故园添意兴，重阳独对清秋。大河碧澈见飞鸥。
早晨飘紫雾，胜景眼中收。　　高阁临空观旷景，北南通
透风流。山巍白石羡高楼。一番沧海梦，共向水云浮。

2021 年 10 月 14 日

踏莎行·南归雁

蒙雨烟堆，芳坰绿遍。遥岑树色秋光变。寒风搜禁鸟
虫歌，层林密处蝉忧怨。　　风肃天凉，雾低湿远。生灵
多样随候转。一场秋梦正来时，回头又见南归雁。

2021 年 10 月 16 日

朝中措·立冬初雪

　　朔风舞雪倍增华，银裹素妆纱。大地洁清寂静，素心灵动殊佳。　　雪花飞吻，轻盈问好，肌骨无瑕。拉练天公圣景，立冬抖出风华。

2021 年 11 月 8 日

冬　景

　　苍山远近覆寒烟，碧水悠悠向冷天。
大地夜长留好梦，人间岁短惜华年。

2021 年 11 月 10 日

八声甘州·冬思

　　望风驰电掣伴瑶花，天际一无涯。统河山壮丽，韶光紫气，锦绣中华。塞北江南万里，国泰乐安家。华夏腾龙跃，四海惊诧。　　已是东方狮醒，恨百年沉睡，群盗分瓜。叹年来奋发，功绩世人夸。想如今、国强民富，有几多、忠骨卧黄沙。神州路、往来天地，溢满朝霞。

2021 年 11 月 10 日

临江仙·黄昏颂

　　一段旅情随岁去，高天寒暖难分。南归大雁望湖津。夕阳留背影，暗恼泪流痕。　　生灵不忘初始地，暮年尤恋情真。蹉跎岁月永留痕。只因才过午，好映暮山春。

2021 年 11 月 25 日

满庭芳·冬雪

　　飞雪无声，轻飘寒湿，洗净多少尘埃。素华千里，银色动心怀。天边一轮钩月，谁涤破？雾里飞来。银蛇动，山川蜡象，寒色满天街。　　华灯张秀色，寒窗冻阁，雪上楼台。好一体浑然，高下难猜。圣洁无私大地，好兆景、瑞雪招财。灯如练，无垠寂静，唯我独徘徊。

2021 年 11 月 27 日

冬　梅

　　梅枝朵朵历艰辛，傲雪临霜阅世尘。
不与群芳争艳丽，身姿独展报寒春。

2021 年 12 月 8 日

减字木兰花·春光

夕阳无奈，挂在天山寒水外。细察归鸦，半数乱飞半憩崖。　　清晨香信，闲倚高楼山似近。记得春潮，春色迷离慢步跑。

2022 年 1 月 28 日

浪淘沙·响春

见故乡瑞雪，放飞情羽，祝福虎年泰和大吉大利。农历壬寅年春上班第一天作于新疆哈密。

紫光射云腾，嫩草丛生，一番风雪一番情。几度寒光空掷了，乐在春明。　　不惜自然身，特地争春，阳开春雪踏歌行。满眼银光收不住，大地添情。

2022 年 2 月 7 日

卜算子·春爽

　　晨雾漫东篱，百态随春旺。尽管山峦寒意飘，阳令生机放。　　浓淡色相宜，舒卷姿堪仰。室外春风闹院庭，阵阵呼春爽。

2022 年 2 月 10 日

水调歌头·雨后征途

　　落日斜烟树，云过雨蒙蒙。淡霞还现，青山留意映微红。春解晚来风细，吹尽一天残雨，夜雾湿千峰。且看长空月，仍挂碧空中。　　问苍天，人间事，旅途风。大江东去，精气依旧激华容。豪迈几杯问肚，立马横刀西望，目送万千重。但恨时光短，愿作一株松。

2022 年 2 月 19 日

踏莎行·春暮情深

　　春色正浓，岁华不老。桃花迟暮梨花早。乡间人静雨蒙蒙，烟村爆竹余香袅。　　故友当邀，情丝萦绕。荷池未绿鳞光照。独行塞北望南方，何时赢得同框笑？

2022 年 2 月 25 日

踏莎行·春咏

　　春雨绵绵，春风款款。乍寒乍暖无人管。桃花山野展仙姿，长丝碧柳垂堤岸。　　湖畔飞鸥，溪滩掠燕。春临北国迟迟见。青山绿水溢和谐，黄莺穿树啼声远。

2022 年 3 月 8 日

草木知春

草木知春闻讯归，春雷动彻竞芳菲。
东风拂袖过山野，草也青来木也巍。

2022 年 3 月 16 日

卜算子·迟春

春绿满江南，雨洒芭蕉叶。塞北依然迟春城，难释相
思结。　　春风度玉关，风减高原雪。独立黄昏望天涯，
直觉风寒冽。

2022 年 3 月 20 日

朝中措·游春归来

清寒帘卷杏花天，郊外尽风烟。蜂蝶依春寻舞，风光
处处欣然。　　梨花开尽，桃花红遍，好景年年。春去春
来流转，善心挚恋家园。

2022 年 3 月 31 日

临江仙·春牡丹

春季赏花如醉酒，迷眸大地秾芳。山清水秀带霓裳。笑容掬万绿，雨后着新妆。　　颜色各异风情在，齐歌时雨春光。百花媚意兆和祥。风撩花乱飐，更觉牡丹香。

2022 年 3 月 24 日

蝶恋花·茗香情浓

晚膳余闲行百步。悦耳铃声，听到春茶语。谢意不知从哪赋，月光云影情高去。　　雅茗银毫风顺度。千里吹来，故里毛尖雨。灵动沉浮牵万绪，此情深得知音处。

2022 年 4 月 14 日

临江仙·品茗得味

四十余年浑不改，经营直到如今。岁华历尽过来人。发疏鬓似雪，腮络暗生银。　　沧桑伴老何处是，只缘应惜今生。故人相望悦心情。春茶藏甘露，杯绿笑浮沉。

2022 年 4 月 15 日

踏莎行·芍药芳姿

槐柳荫浓，草坪茵软。笋尖破土伸天远。一株芍卉殿春来，春晖几度争芳晚。　　山外飞云，天边阵雁。山前山后莺莺啭。牡丹艳过留余容，夏来独秀红装苑。

2022 年 4 月 27 日

西江月·夏日多情

　　轻扫东风昨夜，低开云幕今朝。青山着意化为桥，鸟语花香未了。　　月色映心闲适，白云送目逍遥。清风时拂柳丝摇，夜放溪滩蛙叫。

2022 年 5 月 12 日

人生小满足矣

　　你爱珍馐加美酒，我怜清口润心茶。
　　波诡云谲世间道，小满谁知足养家。

2022 年 5 月 15 日

生查子·清影

好风清夜游，蛙鼓黄昏约。苔痕上阶青，山映红花萼。
路网纵横陈，夜静河波落。明月故乡人，影像梦中作。

2022 年 5 月 18 日

卜算子·夏日熏情

屈指夏多时，荣夏焉能去。蛛网飞蛾似挽留，留夏何能住？　几日喜新荷，盼雨天无雨。羽扇频摇欲解炎，风小难消暑。

2022 年 6 月 6 日

朝中措·茶芳沁

透杯芽状似生涯，起落且由它。把住犹生挚爱，滋之便是仙霞。　　提神奕奕，旗亭问酒，画阁分茶。闲叟随来无定，去时各领芳华。

2022 年 6 月 9 日

临江仙·君茶赋

一杯清汤入胸脯，闲来沏沸心声。清香高雅绝尘氛。且将三水请，汤雾呷津生。　　饮罢清风生两腋，余香占口犹存。以茶待客俗间情。针芽含玉露，茗叶醉良君。

2022 年 6 月 11 日

喜　雨

日日遮阳望，长空万里青。
花生需雨露，水稻盼霓云。
雷电横空动，风云压岭生。
哗哗滋万物，伴我爽身心。

2022 年 6 月 28 日

江城子·雨后禅情

天山脚下雨初晴。爽风迎，向光明。暑气暂消，顿觉倍轻盈。一睹戈塬思禅意，能傍我？白头鹰。　　漫寻圪井淌歌声。水流清，暗含情。云去风来，禅意雪山灵。欲向荒戈寻问取，人稀见，旷无垠。

2022 年 7 月 5 日

卷五 桑梓情深

虞美人·高楼望断乌西坠

　　高楼望断乌西坠，转念家乡里。夕阳村外小山头，几度风飘柳絮路边稠。　　琼枝玉树难相见，只恨山遥远。欲将思念寄黄州，无奈长江之水不西流。

2018 年 6 月 24 日

江城子·乡党

　　人生入世盼祯祥。望荣昌，自难忘。厚德传家，千古话流芳。但愿乡亲勤作起，早播种，子孙扬。　　急来夏雨又思乡。竹竿梁，大沙塘。万代相依，莫改旧时装。自立自强图进取，苍昊赐，横山①冈。

2018 年 6 月 29 日

---

① 横山，家乡山名。

225

清平乐·心系

露湿窗晓,薄雾村烟绕。喜鹊双飞过屋叫,几点莲花姣好。 塞北倚望家山,归来华发苍颜。消瘦时光难挽,心系华宇苍天。

2018 年 7 月 2 日

少年游·夕阳红染晚烟青

夕阳红染晚烟青,远客思朋亲。四十余年,无山种竹,犹记竹君名。 春意未尽秋风至,顿悟世尘轻。暮年清度,闲吟闲咏,信步惜光阴。

2018 年 7 月 15 日

226

故里情深

心记故乡愁，单车村上游。
春风颜色翠，满地菜花稠。
松柏山头绿，沙塘春水悠。
相逢多笑面，倍觉乡情柔。

2018 年 7 月 17 日

儿时的乡景

松翠竹园雀喳喳，故乡东望横山霞。
门前两口塘①如镜，屋后炊烟起幕纱。
水桶挑来摇月影，木榨②撞出香天涯。
思来已是儿时梦，老客随风又到家。

2018 年 10 月 20 日

---

① 两口塘，老家的沙塘、门口塘。
② 木榨，油坊榨油的原始机械。

227

浪淘沙·屋外雾如烟

屋外雾如烟，寒意周天，衣衾紧裹五更寒。游子外乡常作客，思绪无前。　　人世莫贪眠，等闲江山，回乡容易别乡难。雪映银光开沃野，妆美人间。

2018 年 12 月 31 日

踏莎行·在列车上

岁月情留，车窗帘卷。青山绿水城乡远。跨川过壑一程程，光阴飞逝流如箭。　　鬓发惊霜，菊纹满面。难寻镜里朱颜汉。挥戈漫道日轮回，车轮带走乡愁远。

2019 年 1 月 25 日

一剪梅·心在江南

大漠春残酒半酣。风打春衫，汗渍春衫。南方蚕事欲眠三。柘满笀篮，茧满笀篮。　　一自离乡百不堪。西鸟知还，百鸟知还。强依篝火照书看。人在新疆，心在江南。

2019 年 4 月 14 日

水调歌头·此生释怀

此生无大举①，热血写春秋。照我三千白发，都是操心揉。犹记横山排地②，家屋前槐后竹，垂钓③戏鱼头。适我琴棋兴，何用宴升楼？　　立功业，驰疆路，为民酬。青鞋布袜，且把吾道洒戈州。老骥蹄痕未了，铁路年年修建，此曲为谁讴？工友同餐④乐，为国利民求。

2019 年 4 月 20 日

---

① 大举，指官位。
② 横山、排地，家乡董家上塝旁边地名。
③ 垂钓，指在门口塘里钓鱼。
④ 同餐，指与工友同食同住同劳动。

229

鹧鸪天·大雁带走思念

舟帆行去破波澜，栖鸦常带夕阳还。倾盆骤雨惊林鸟，明月生凉宝扇闲。　　家乡远，水天宽，重重远黛隔河山。央求大雁衔笺信，同道乡亲福体安。

2019 年 7 月 16 日

浣溪沙·乡思

紫黛青山日又斜。流云似火漫天涯。暖风轻卷旅人嗟。寨落村头共笑语，乡间翁媪戏娇娃。何人外务不思家。

2019 年 8 月 5 日

乡　思

——儿时景

草长莺飞蝶恋花，故乡东望赏云霞。

浠河西去清如镜，垮屋炊烟一抹纱。

木桶井边担明月，媪翁孙趣学桑麻。

儿时好梦已虚幻，摇叶轻风任思家。

2019 年 8 月 26 日

秋声联想（二首）

秋风流韵漫山涯，露重深山雨后葩。

欲向雁声寻往事，枫枝红叶梦春华。

悠悠岁月起玄黄，一缕相思几履霜。

休管西风吹猎猎，长空雁叫早还乡。

2019 年 8 月 26 日

鹧鸪天 · 早望

　　喜沐晨风莫管凉，寓形行乐向坡岗。登高脚力焉知远？处下心音足可量。　　山倦草，路蒙霜，江南塞北带秋香。欣看远渚惊鸿起，疑似家乡却异乡。

2019 年 8 月 27 日

踏莎行 · 归意

　　霜落天寒，愿心未住。西羌风裹寒愁绪。多情乌鹊闹巢枝，无情大雁南归去。　　萋草随风，斜阳欲暮。雪莲望断峰涯处。低天大漠雪霜欺，心潮又上还乡旅。

2019 年 11 月 28 日

功绩千秋

白莲库水漾清涟，柳卧浠河不碍船。

两岸稻油香万顷，东西渠水灌良田。

2019 年 11 月 21 日

清平乐·楚东浠川

白莲天堑，大坝蛟龙斩。强大能源输电缆，助益工农发展。　　浠川立意辉煌，青山绿水新装。恰似深闺俏女，招商凤引繁忙。

2019 年 11 月 21 日

诉衷情·怀念母校豹龙中学

当年此地琅书声，学业话情深。细寻校址何处？衰草已丛生。　　蚕虽老，丝犹萦，记犹新。校园成故，无影惊鸿，旧梦难寻。

2019 年 12 月 9 日

一剪梅·思乡

　　小阁楼高眼界宽。轩启遥看，轩闭还看。思乡一度一心酸。霜雾迷蒙，塞远山拦。　　何日才将客梦安？昨夜风寒，今雪仍寒。市灯月映两眉拴。漫步街前，思绪乡间。

2019 年 12 月 18 日

河满子·赞浠城

　　昔日清泉小镇，而今蓬沛千家。随见高楼平地起，参差雾绕云遮。漫步街头巷尾，珠玑物阜繁华。　　大路飞车织网，浠河电送天涯。百里松风摇翠竹，神奇大别幽佳。文烈一多风骨，楚天浩气云霞。

2020 年 1 月 8 日

苏幕遮·家乡月

早风轻，涛势歇。山锁春光，藤上青青叶。千里云涛光紫色。陌草珠晶，滚露伤心噎。　仁窗前，遥思切。寂寞销魂，独自闲情客。海面微波光闪褶。永日无聊，唯恋天山月。

2020 年 1 月 27 日

闲绪情怀

绿野春光照，平沙一抹青。
池塘鹅鸭戏，田垄草茅深。
举目山林翠，欢歌涧水清。
生花神妙笔，难写故乡情。

2020 年 2 月 5 日寓居三亚作

235

苏幕遮·思故里 (步范仲淹韵)

　　故乡云，烟雨地。碧柳依依，遗爱波光翠。又是东风吹北水。千里征人，身在天山嘴。　　隔山川，思南北。何日相逢，尘念无香睡。明月清风还自倚。淅雨稀零，滴滴天涯泪。

　　　　　　　　　　　　2020 年 4 月 9 日

柳梢青·谷雨节遥望

　　三月阳春，绿催淅雨，扑向情根。塞柳渐青，天山雪顶，都付双轮。　　惯看千里青云。故乡那、长江动人。神赋东坡，涟漪遗爱，遥望凝神。

　　　　　　　　　　　　2020 年 4 月 19 日

236

大别山杜鹃红

四月杜鹃花有情，花红遍野忆前人。

枝枝挺俊傲霜立，朵朵绽开如彩绫。

大别铺开红玛瑙，鄂东依旧赤忠魂。

此花不是无情物，乃是红军血染成。

2020 年 4 月 25 日

乡 音 情

西疆亭外乡音渺，夜梦高堂又梦乡。

香糯松菇随季有，腊鱼咸肉任君尝。

油茶可口随风远，乡酒撩人醉意长。

离别多年魂梦绕，梦中桂树应飘香。

2020 年 4 月 28 日

黄州的豆腐

黄州豆腐不寻常，历久长宜上雅堂。
正正方方无媚骨，清清白白若琼浆。
青葱拌料口添福，辣酱调羹味更香。
纯洁无瑕孚众望，颂声四海不张狂。

2020 年 5 月 4 日

芝麻湖的藕

芝麻湖藕世传扬，白腿青莲卧故乡。
有节孔心丝不断，出污不染播馨芳。
炒鲜凉拌都清爽，煨汤打粉远飘香。
汉筵全席不宜缺，藕断丝连借寓长。

2020 年 5 月 4 日

朝中措·望乡

东南常自望长河，生计离乡多。长记月斜鸡叫，乡埼晨雾烟波。　　而今老矣，欢消意减，回味蹉跎。不似旧时心性，夜深梦听儿歌。

2020 年 5 月 11 日

麦收时节

麦收时节觉天狂，山野云林荡绿秧。
最爱田边地头麦，亦思荷帽雨中郎。
清和桑梓无愁绪，炎夏枣花留郁香。
大地星天收麦影，庄农喜指满粮仓。

2020 年 6 月 18 日

浪淘沙·问候

　　江柳拂帆斜，挂舵思茶，忘机鸥鹭踏汀沙。隔岸城楼迷望眼，又恐云遮。　　临水整衣纱，鬓发苍华，天涯心事故乡家。互致问候人纵老，恋惜西霞。

2020 年 7 月

牵　情

　　一水相依世代承，千年同脉共潮生。
　　连日惊涛泽南国，浠河两岸总牵情。

2020 年 7 月 8 日

水龙吟·乡塝门楼奠基开工

金乌何处飞来？照人只是承平旧。鄂新万里，家书微信，浓醇老酒。几许光阴，几回欢聚，长教离久。料婆娑桂影，多情应我，报恩德、施其手。　　爱我乡音歌奏，望环中丘峦清秀。寻常梦里，横山麓下，牌楼光透。不负人生，古来唯有，大塝香秀。愿家家业旺安康永久，壮颜携手。

2020 年 9 月 17 日

中秋观浠河两岸高楼有感

遥想浠河夜，青天无乱云。

泛舟望秋月，结义约林军①。

临牖一腔咏，佳音两岸闻。

明朝挂帆席，即与友为邻。

2020 年 9 月 19 日

---

① 林军，指江林军。

241

西江月·浠水情怀

河水清涟对客，动车激越迎宾。浠河两岸出新城，目睹长空雁阵。　　渣土尘飞不见，陋街窄巷更新。路桥成网厦成群，故地突飞猛进。

2020 年 10 月 11 日

忆　　昔

忆昔豹龙求学时，三乡①桃李一园集。
朝濡夕沫友情纯，暑往寒来光影急。
人事工耕两渺茫，征途奋斗皆安立。
满林碧树向天舒，回首芳华几处拾？

2020 年 11 月 1 日

---

① 三乡，指土改时曾划分的蜡树乡、豹龙乡、三店乡。

高阳台·乡塆门楼揭牌之日

楹阙词文，初心致意，门楼镌刻成章。礼义诗书，古风雅韵清长。世间自有真情在，岁月悠、积德呈祥。尚斯文，百代千秋，应世流芳。　　修身济世从来苦，历人间心楚，万种炎凉。山海行吟，情深常驻心房。意诚脉动天和地，为故乡、不负高阳。料牌楼，此后年年，福佑塆乡。

2020 年 11 月 2 日

江城子·一河两岸新声

前天携友探楼情。慰情生，激心灵。试问东君，能偿几分心？大厦凌空河岸列，河生月，月生情。　　依依河水亮晶晶。布桥亭，听鹃声。多负人生，闲赋客留名。把酒问花楼几许？楼伴水，水中云。

2020 年 12 月 28 日

回　乡

耳伴家乡曲，沿途绿柳催。
别长非是客，此去即为回。

2021 年 1 月 18 日

蝶恋花·祈盼

异地迎春催柳蕊。爆竹传红，鸟雀寻新蕾。雪拂青山
多娇翠，云深只把晴空缀。　　炊帚轻除台上晦。厨嫂甜
言，且把灶王祭。我欲提鸢飞宇霁，尚祈辛丑腾牛气！

2021 年 2 月 11 日

浪淘沙·梦中遗爱湖

阵雨遗爱湖，万斛明珠，望中湖月一时无。踯躅长亭
谁借伞？烟柳舒予。　　往事梦中疏，心绪方余，苏公雕
像守滨湖。二赋堂中书刻在，难见鸿儒。

2021 年 5 月 10 日

遥寄新居

乔迁新宅复何求？胜似身封万户侯。
龙舞鹤飞花弄影，风清河畅向西游。
重光泽宇浠河碧，雨顺风调晚岁留。
两岸一河舒望眼，古苑衙地我登楼。

2021 年 6 月 27 日

江城子·乐浠河北岸新居

雷鸣雨过碧空晴。倚窗听，纵思凝。送远清风，千里念归行。正是伏天炎夏日，心静处，热无声。　　一河两岸启新程。乐居庭，涨风情。回首泛思，灯火话如今。高耸群楼人脉盛，归籍处，慰家人。

2021 年 7 月 13 日

菩萨蛮·思念

天山脚下冰川水，边关多少相思泪。西北望中南，故人长健安。　　千山横去路，万水流归去。梦里故乡人，醒来塞外云。

2021 年 7 月 24 日

蝶恋花·自度曲

雨后秋枫容更丽。游子缘何，幽恨终难洗。瀚海行踪如一蚁，烽墩荒后烟尘已。　　微信乡音来万里。问我何时，真个成归计。回首此生拼此地，东风搡我时当起。

2021 年 9 月 4 日

醉落魄·自度

　　轻云朗月，披衣踱步心中结。回望边塞苍烟叠。犹记来时，不记归时节。　　薄衾搭腹凉床滑，觉来幽梦跟谁说？此生飘荡何时歇。独立西陲，常作中南别。

2021 年 9 月 4 日

西江月·新居感怀

　　楼外浠河水碧，回望白石山青。玉堂轩逸映华英，高阁轻风留影。　　问道同龄情热，守望相助同行。百年耄耋望康宁，暗自心潮未静。

2021 年 10 月 24 日

鹧鸪天·印水桥头思远

　　古老浠川照晚晴，高楼拔地起新城。流连印水桥边影，丽景终归练达生。　　秋水静，岸沙平，梧桐霜叶落歌亭。无情节气多情物，新竹擎天老竹青。

2021 年 11 月 5 日

蝶恋花·回乡心绪

四野芳菲成印象。翠柳摇空，喜鹊飞来往。故里乡音萦耳荡，浠川奋进新妆亮。　　今日归来生怅惘。往事如河，流淌翻轻浪。岁月如梭成俯仰，童年远在天边上。

2021 年 11 月 14 日

水调歌头·新居有感

楼前一河水，楼后白石山。当空红日悬照，紫气伴炊烟。嵌比玲珑牖户，更着迷人帘子，空阔向长天。俯瞰古城貌，健笔颂新天。　　酌清泉，宽衣袖，向青天。君询往事，我亦奉塞有余年。试问玉清楼宇，能否岸边吹笛，伴我结长缘。莫笑吾狂矣，且乘夕阳船。

2021 年 11 月 29 日

鹧鸪天·乡恩

　　如梦如烟忆旧游，听风听雨话乡愁。寒风一掠沉沉夜，只盼春光绣锦图。　　步风健，目前途，霜天更易白人头。昼长夜短仍频梦，岁月乡恩心里留。

2022 年 1 月 17 日

满江红·高天下同道客

　　卧榻难眠，眼睁睁、霜沉残月。三更寒、棉衾暖帐，似成虚设。岁月暗催人渐老，故园常在心头热。恁百般、借药助催眠，糊涂噎。　　儿时影，经年别。怀楚调，山重叠。纵相逢谁似，壮青眸睫？鸿雁不来书难寄，笛声划破高天月。望一弦、分照满天涯，同道客。

2022 年 2 月 3 日

望江南·家乡好

　　家乡好，离别数春秋。漫步山川环故国，瓦房不见尽高楼。织网接飞流。　　耕地在，乔木几春秋？心路历程寻秀景，乡间门巷静幽幽。春雨伴乡愁。

2022 年 2 月 17 日

江城子·春夜思远

　　雪山着意白晶宫。猎西风，岁寒逢。流落天涯，今已白头翁。月下雪山怀故国，倾玉液，嫁东风。　　清凉沃土待春融。暗香封，醉山峰。对景勿惊，身在拂尘中。幻化千年谁念我？流经处，滴情浓。

2022 年 2 月 27 日

满江红·怀思

回忆当年，豹龙庙、校园新宇。全住读、三乡子女，萦情怀古。正值青葱花雨季，星星推荐凭谁去。逐波流、优学望城京，难言语。　　人生路，多风雨。当时望，无星渚。访旧踪、原貌已成千古。几度东风吹世换，百年往事随潮去。问傍柳、敬老院中荫，空灵许。

2022 年 2 月 28 日

满江红·建家乡景观塘有感

年近从心，已拼尽、洪荒力气。曾记得、当年奔走，旅途无畏。闯荡荆丛西域志，蹉跎岁月孤身泪。算熬过、终未负初心，能归器。　　逢盛世，多积趾。行善迹，相随起。藏几缕乡愁，襟怀乡意。宠辱相连天下事，荣枯莫向他人议。愿无忘、桑梓也关情，绵绵礼。

2022 年 3 月 3 日

水调歌头·浠河远眺

惊蛰随风过，大地演萌情。推窗遥望南岭，岚气与云平。浠水长流不断，亘古波涛翻卷，排筏浪中轻。闲看莺飞起，河鲤逆波行。　　眼中景，心中事，顿生情。大河千载流淌，两岸发华英。多少人间风雨，恍若眼前流水，直下入江清。任有豪情在，波碧慰浮生。

2022 年 3 月 6 日

忆秦娥·乡景

春光灼，如诗如画铺寥廓。铺寥廓，雁阵迁飞，人歌鱼跃。　　空巢乡野情怀恶，田畴沃野谁耕作？谁耕作？荒芜年久，伤怀寥落。

2022 年 3 月 11 日

董家上塆 (二首)

横山麓下董家藏，文武相传执四方。
两岸青山相对出，千年冲畈育儿郎。

横山北岭自天来，万紫千红代代开。
难见古时卧龙者，只今后辈立楼牌。

2022 年 4 月 21 日

临江仙·故乡吟

常思家园多离别，雨过芳草烟青。路遥人去马嘶鸣。青山依旧，金柳万条生。　　人在柱州吹短笛，回看楚月斜明。徘徊夜色寄深情。不眠之意，望月故乡行。

2022 年 4 月 24 日

水调歌头·助力吾乡建村委楼感赋

人生有多少，百岁瞬间过。生当为民击筑，陌上放声歌。招引贤朋圣鸟，放我心如海阔，风助更翻波。多少乡贤手，实干岂言多。　　宽心事，与时进，莫蹉跎。人间亲友相顾，共建万家和。春雨浮云吹去，只恐如驹过隙，时去竟如梭。百载民生事，错过奈情何。

2022 年 4 月 28 日

如梦令·桑梓情深

楼外数峰环绕，浠水长流弯抱。千古一条龙，乳汁哺成多少？地好，地好，桑梓心中瑰宝。

2022 年 5 月 13 日

念奴娇·思归

　　登高怀远，面东南，更向鄂东深处。镇日思归归未得，辜负殷勤群语。夏日曛晴，乡间风爽，绿意青山趣。鸟啼花艳，宛然乡景如故。　　狐枕丘乃情深，难离故土，难忘亲朋侣。浪子归来，雕柱画梁，动情乡音顾。累积边陲，尘沙不尽，长伴西风旅。昆仑登上，谨朝东望题赋。

2022 年 6 月 8 日

卷六 亲情友谊

赞同学聚会

浠城十月搭高台，四面八方相涌来。

难得相逢与相笑，人生笑对尽开怀。

2017 年 11 月 13 日

唐多令·同学聚会六十天记

鸡叫放初霞，潮回见细沙。夜雪寒、褪尽芳华。堪恨西风吹换景，哪管得、啸天涯！　　古寺木鱼筛，经音转岭赊。转青山、因果谁家。总寄真诚春色里，向佛祖、静心些。

2017 年 12 月 2 日

眼儿媚·蔷薇览胜鹊桥边

风栖山露润花娇，春燕戏泥寮。风轻摇竹，蔷薇览胜，喜鹊飞桥。　　天涯云里孤飞鸟，几日借逍遥。相思携手，尽情欢笑，晚听歌嘹。

2018 年 4 月 25 日

阳 春 曲

满山翠柏桃花谢，两岸青山柳丝斜。

学友别时春去也，杜鹃依旧迷蜂蝶。

2018 年 5 月 14 日

江城子·常忆凤栖酒楼

凤栖高会夜阑珊。满堂欢，举杯干。万里关山，常恨见时难。及至而今相见了，依旧似，远重山。　　高朋寄语问平安。友情牵，意欣然。幸喜相逢，语尽话英年。福寿人生双甲子，共祝愿，寄云端。

2018 年 6 月 19 日

思 友 人

老来才俊尽开怀，浩荡诗风滚滚来。
唐宋诗词多宝卷，当今歌咏亦奇才。
江南渔唱朋思起，塞北羌声客欲回。
遥想飞花令时酒，神思越过望乡台。

2018 年 6 月 20 日

精彩人生

——再读少珍学友诗

夜雾升时意绪沉，忽闻玉笛伴歌声。
古来巾帼多才俊，学友原来文采人。

2018 年 6 月 23 日

渔家傲·寄友人

　　远望青山何处是？往来尽在八千里，捎得友人笺满地。空流泪，红笺尽赋英年事。　　寄语平安桥上意，山风何日寻兄弟？行遍山山皆老矣！愁无寄，鬓丝几缕茶烟里。

2018 年 6 月 23 日

赠 黄 瑞①

　　过尽千峰仍有峰，红霞烂漫九霄重。
倾心祖国男儿志，莫让红尘褪瑞容。

2018 年 7 月 16 日

---

① 小儿子黄瑞，是时在美国留学。

262

待　客

九月天山迎贵人，衣冠楚楚自嗟嗔。
西迁卅载无功老，南下三时有梦吟。
湖畔新苗已成树，江东故旧各缤纷。
擎杯笑叹平生事，月似长钩系远亲。

2018 年 7 月 16 日

观师生合影有感

一轴书研春又冬，师生合集古今同。
隋唐科举开先例，宋后尊师重道风。
南岭笋尖皆化竹，浠川鱼子也成龙。
先生喜见慰心意，教化当年扎实功。

2018 年 7 月 17 日

卜算子·答友

　　闲趣本无多，唯觉诗为友。心有苍蓝着意描，不管新和旧。　　幸享太平年，正值休闲候。伏枥仍须再奋蹄，遣兴当吟酒。

2018 年 7 月 17 日

喜迎运中学友应群

　　人似分飞鸟，生如水上萍。
　　殊途已久别，各自近稀龄。
　　怀旧情难却，萦回童稚声。
　　何时乡梓聚，把酒听高吟。

2018 年 7 月 19 日

如梦令·答友 (二首)

人静夜深市悄，竞逐华灯星渺。自信共天庭，皓月当空悬照。谁照，谁照，照我银河垂钓。

最爱渊明菊好，不念青春毛草。凭月色盈亏，讥眼繁星偷笑。谁笑，谁笑，笑我笔耕难老。

2018 年 7 月 19 日

无　题

一潭清水倒月明，一盏清茗款江陈①。
一子掷来潭中影，一荡月光涟寸心。

2018 年 7 月 20 日

---

① 江陈，指江林军、陈云波二同学。

265

勇士之邀

青山万里峰连峰，四季星移今古同。
万水千山芳去尽，今生前世梦乡中。
向来就有邀朋意，想与诸君探远峰。
但愿龙群①长袖舞，相敬如宾到老翁。

2018 年 7 月 24 日

竹色君子德

——赞友人

苦节凭自珍，雨过更无尘。
岁寒论君子，碧绿织新春。

2018 年 8 月 8 日

---

① 龙群，指七二届高中同学微信群。

朝中措·暮老吟

祝友人老伯早日康复，慢度夕晖之日而生
寄语。

牙松鬓白鸭声嗟，露水五更花。锁住人间真爱，放松
总是烟霞。　　旗亭唤酒，围炉夜话，背影残斜。恰似秋
风不定，叶飘寄予谁家?

2018 年 8 月 9 日

劝 访 篇

分别四十多年后，欢迎第一拨学友访疆。

人生何处不停留，情满同窗对酒酬。
唯有杜康赋君意，且多天地任君游。
中华本色乾坤厚，山水风流岁月稠。
依旧当年豪情在，千杯饮尽解千愁。

2018 年 9 月 11 日

为学友们出行前的一丝弦动

两年三载又重游，不听鸣沙不问楼①。
大漠驼铃千里外，莫高壁画睡千秋。

2018 年 9 月 12 日

端居正坐和友人

丝竹绕梁尽忘餐，朝中真伪可知寒。
睡时不梦醒无虑，淡处宜吟气自安。

2018 年 9 月 13 日

---

① 鸣沙指鸣沙山，楼指西域阳关楼。

蝶恋花·学友访疆前的思感

正值秋风招友省。辗转边城，相约云君应。灯火万家归寂静，梦游星月人初醒。　　晨露树高城郭冷。车马喧嚣，不忍深深听。秋雨欣然松柏竞，深情款款西门等。

2018 年 9 月 13 日

踏莎行·再和亦之江山秀色

时雨时晴，乍寒乍暖。秋风拂剪撩人面。菊花着意展仙姿，长丝碧柳垂堤岸。　　鸥鹭沙滩，河中舞燕。秋临北国迟迟见。祈求秀色满江山，莺啼唱彻云霄汉。

2018 年 9 月 14 日

会秋天 (二首)

金秋流韵乐东家，露重深情雨后葩。
欲向雁声寻旧事，枝头红叶梦春华。

悠悠岁月伴苍凉，一缕情思万履霜。
莫管西风吹猎猎，长空雁阵到吾乡。

2018 年 9 月 15 日

相祝在中秋之际

天山相会话当年，一笑相逢意更甜。
四十五年情谊在，沧桑难改此中缘。

2018 年 9 月 22 日

机场路上

——送友人①

雄鹰长翼自飞天，乘兴凭窗心上弦。
仰望蓝天舟已去，空牵斑竹泪难干。
秋风可解真情语，细雨何知俗客怜。
谁道情深深几许，来年十五月还圆。

2018 年 9 月 22 日

水调歌头·答友人

圆梦天池顶，往事忆当年。秋风还度，飞絮穿蝶向人间。流水潺潺不解，岁月蹉跎无语，何必悔如煎？喜笑连心里，鬓发顺其然。　　寻常日，云露重，跨天山。友情可慰，真性自在学婵娟。去日苦多堪误，来日无多可挽，风雨炼真丹。十步有芳草，半百惜知缘。

2018 年 9 月 22 日

---

① 全程接待同学一行八人新疆十日游。

读巴水灵山诗有作

笔墨挥毫总带情，几多诗意梦中生。
纯真意境朦胧语，素净犹如鸟留声。
世间常有俗家客，但看红笺英气存。
风云际会政知少，一腔宏愿向高吟。

2018 年 9 月 27 日

天仙子·致友

第一场秋雪，带来深秋寒意。恰逢友人，故生思绪。但愿来年好兆日，应备茗香薄酒，款敬有识佳朋，共赋愿景家音。

四十五年方始见，纯朴乡音真觉鲜。君来不寐梦还回，连日愿，谈笑灿，反弹琵琶情致远。　秋雪掩来如席卷，秋月天山风雪眩。身姿飘动舞谁看？天道转，人开眼，相约来年期款款！

2018 年 9 月 30 日

水调歌头·见友人诗笺①有感

天蓝碧空净，仰望入心清。秋风春意齐聚，翰墨溢香凝。午宴阜康欢笑，又见挥毫神采，顺字祝康宁。品茗知情味，厚意乐长生。　　山河美，程万里，梦何曾。故交诗赋，岁月际遇吐芳馨。当以穷生怀玉，击壤歌吟待客，晨晓见龙群。但愿诗乡好，日日看东升。

2018 年 9 月 27 日

附：江林军《贺新郎·西游忆友》

哈密君豪举。近中秋、金车万里，大漠如许。嘉峪雄关左公柳，丝路敦煌探古。驿道上，鸣沙如斧。火焰山前僧敛迹，忆班超、迈步天池去。浑不觉，日将午。　　驼牛羊肉熏蒸煮。饮茅台、欢声又醉，安居豪旅。喜听车中传圣道，尽是诲人醒语。只养得身康神悟。转眼江南秋色里，恨当年不傍邻翁处。今往后，谁相与？

---

① 友人诗笺，指江林军同学《贺新郎·西游忆友》。

273

采桑子·致巴水灵山大诗友

菊花引得蜂儿至，喜泪难消。蜜汁谁敲，不是犀锤是凤翘。　　只应长伴诗吟处，割取秋涛。鹦鹉娇娇，并进齐头唱玉箫。

2018 年 10 月 5 日

蝶恋花·送君

又到敦煌莫高窟。不语扬鞭，踏遍清秋路。衰草连天戈壁驻，雁声远向鄂东去。　　不恨天涯行路苦，只恨西风，吹玉关千古。明日客程还几许，衣襟露湿新寒雨。

2018 年 10 月 6 日

青玉案·机场话别

　　早晨打开微信群，跳入眼帘的是：早上好！同学节！沉浸之时，偶生思念之情，眼前浮现那日在机场送别学友时的情景。别语不多心共鸣，难舍之意赋苍生。就利用今日之学友节回溯当时。

　　金风伴翼送群杰，眼回望、天山雪。料得清晨情更切。乌鲁木齐，机场晓月，握手心头热。　　多情总是偏多别，离别难于锁情结。蝶梦百花花梦蝶。几时再见？古稀时节，细把而今说。

2018 年 10 月 9 日

答友亦之先生

　　江湖险处渡迷津，行旅风霜渐老身。
　　自古浮名皆俗客，从来富贵不由人。
　　桃源寻梦终为梦，茅屋怀仁可得仁。
　　纵酒酣眠醒后问，无如独坐养精神。

2018 年 10 月 13 日

风入松·世交挚友意相逢

世交挚友忆相逢，情道堪浓。尘中情愫难明处，是琼浆、怀也匆匆。恰似桃源幽径，花凋叶倦树空。　　彩笺微信道枫红，深意皆通。强欢把酒图消遣，见月来、醉意重萌。若是初心未改，莺啼还唤江东。

2018 年 10 月 14 日

人心怀远

——与友闲谈有感

山吞岁月流云去，雨挟寒声动地哀。
善念且持行大地，仁心独抱壮胸怀！

2018 年 10 月 22 日

临江仙·祝福学友生日

记得当年同学读，明眸流转如仙。丽姿清影淑而贤。赧然挥素手，一别卅余年。　几度梦中闻笑语，醒来独自依然。下弦月映此生缘。祝君康泰久，藤绕百年安。

2018 年 10 月 29 日

满庭芳·杂怀思友

老将居何地，常与全林学友研讨。人生打拼，像乘舟一样，高浪过后也要平波。再看看吧，办公室后院的枣树，真的不希望我离开，莫剪了它的刺枝，待来年继续开花结果。茗茶杜酒，谢云波等学友常寄茗茶叙心暖。餐桌上有一盘细鱼小虾，细嚼之时总忆起亦之先生的厚谊。闲杂思友，借《满庭芳》之名，自然成诵，笑谈间，情绪堪浓。

思去思来，吾将何处? 家在万里东坡。百年过半，来

277

日苦无多。砥砺今生渚上，话说尽、浪逝成波。儿时友，茗茶杜酒，相待老阿哥。　　如何，何处住？人生岁月，来往如舸。待闲看，远峦秋景烟梭。好在后园枣树，同盼我、莫剪荆柯。时常念，江东兄弟，观景在浠河。

2018 年 11 月 1 日

思　菊

——送友人

　　常与亦之先生电话长聊，几句心得，赋墨笺微。思亦之先生人品情操，大有"四君子"梅兰竹菊之风范、克勤致俭之风骨、为人师表之谦和，益友也！

　　许身着意敬黄花，辞赋诗歌君莫嗟。
　　已是浅冬尚追忆，只缘此菊出陶家。

2018 年 11 月 12 日

诉衷情·谢友

五言一曲记心头，人世更情稠。无情飞雪东去，与我泪争流。　　相隔远，更回头，苦凝留。相思何处？雪涌梅枝，独立伊州。

2018 年 11 月 15 日

踏莎行·赠亦之先生

雪漫山臁，寒凋空渺。笙歌弦拨知音少。几番幽梦忽还乡，旧家庭院生青草。　　风雪交游，山川怀饱。儿时音色渐枯槁。空留离恨满江南，相思一夜鬓丝老。

2018 年 11 月 15 日

水龙吟·忆友人

　　把今日换与亦之知道，把沧浪之水濯缨也，羞对亦之卷序。细咏亦之《赠黄兄》，携来缕缕春风。诗人倾注深情，托寄豪兴，驰骋才华，精心研磨，一气呵成。作序晶莹、灿烂、温润、磊落、谦和、大方，深刻地反映出亦之先生长期积累的文学功底与尚德的个性情操和个人魅力。诗意离合回旋，若往若还，前后照应的艺术妙境，使词意增添了层次、深度，细诵来倍感寿添！

　　高阳难透青山，古荫冷翠成寒苑。亦之点序，勇士难担，空蒙情远。草密藏溪，夜深迷市，晨雾一片。四十年旧梦，轻鸿素约，霜丝乱、朱颜变。　　雪吻梅枝银溅，举金樽、茗香车转。天池照影，清寒沁骨，客尘净浣。鹏雁重来，夜深书表，亦吾心愿。把今天换与，澄江碧色，棹沧波远。

2018 年 11 月 16 日

诉衷情 · 谢亦之友

去年故里一相逢，唯剩梦从容。屏中丽句清新，独自看、尽情中。　　光照野，月悬空，正寒冬。今宵相对，月洁风清，知与谁同。

2018 年 11 月 26 日

减字木兰花 · 答夫人

鲜花市上，买得一枝心怒放。娇滴轻匀，似带朝霞晓露痕。　　爱妻偕老，夫面不如清俊好。土脸灰头，过眼烟云比着瞧。

2018 年 12 月 13 日

瑶台聚八仙·和宗先生
《风入松·咏黄鹤楼》

万里江涛。登楼望、三镇薄雾迷消。龟蛇安静，鹦鹉落雁逍遥。黄鹤楼高凝日月，琴台曲雅识音寥。路迢迢。子期伯牙，旧日知交。　　轻乘鹤飞影里，有昔人道别，逸兴吹箫。古圣先贤，到此频赋风骚。崔郎凛然巨笔，赋空阔、胸襟万古高。萦怀久、且向江天外，寄意明朝。

2018 年 12 月 17 日

附：兰州大学教授宗先生《风入松·咏黄鹤楼》

名楼此日独登临，满目芳春。大江一去涛无际，看平波、镜照粼粼。黄鹤几时飞去？龟蛇双伫游人。　　词家墨客聚纷纷，崔子谁论？青莲有笔空嗟叹，对晴川、搁笔愁深。芳草春风凝碧，江楼依旧千寻。

和亦之《婆媳桂》 (二首)

堂前桂树引吉祥，赢得风水飘桂香。
婆媳扶荫留子女，日月增辉福佑长。

桂花依旧任飘香，高堂仙逝儿断肠。
睹物伤情真孝子，荫展花香慰老娘。

2018 年 12 月 18 日

诉衷情·燕山今夜

孩子们盛意请我们一行三人共进晚餐。席间感觉他们的视野、工作和生活的态势，均在我们这代人之上，心悦之。

年关将至与儿逢，笑意拥从容。情开父子言朗，向远景、正纲风。 山莽莽，水溶溶，正来风。燕山今夜，万里蟾光，知与儿同！

2018 年 12 月 20 日

雪

——和采华林军全中迪川诸先生

中南胜地冬雪飘，玉龙舞动万鳞骄。
琼枝玉树银装秀，银岭茫茫接九霄。
润物无声吻泽地，山河盛装白毫貂。
遥望天公擂花鼓，故园踏雪向梅瞧。

2018 年 12 月 30 日

登机赋怀

2019 年 1 月 23 日下午 4 点 30 分，年关将近，两个孩子（指小儿子、儿媳）与母亲携手一同登机赴美，在西洋海岸加州市共度新春佳节。

午后霞空越大洋，凭舷俯视海天茫。
星光几点随心静，翼亮双灯知远航。
儿女诚心有邀约，年关大节好拜堂。
常怀澄澈乾坤在，点亮心灯照儿郎。

2019 年 1 月 27 日

赋亦之先生春游

友赴赣江大地，挥毫落墨成诗。
雾湿鹏翅锦羽，青山收揽晨曦。

2019 年 2 月 11 日

西江月·祝友生日快乐

亦之先生喜逢人生吉日，远鸿带去《西江
月》，祝福益友倍康宁！

松竹芳浠簇锦，山川草木临风。依依杨柳对槐松，犹
记当年情种。　　俯望长河似带，仰观生日苍松。白云映
衬万千峰，耿耿心怀愿重。

2019 年 2 月 15 日

采桑子·赋德公战南疆暨告别军旅 (二首)

从戎军旅经风雨，满目朝阳。满目朝阳，告别吴钩与南疆。　　青春热血无情去，朝暮牵肠。朝暮牵肠，老大虽归情思扬。

难忘火线拼身斗，魂梦还伤。魂梦还伤，唯有诗书载酒肠。　　密林深处丛荆路，满体神光。满体神光，自古越征千仞冈。

2019 年 2 月 15 日

赠 亦 之

我的底稿帮我藏，有朝一日再品尝。
工作忙碌随风去，待有休闲慰彷徨。

2019 年 2 月 24 日

致同窗学友（二首）

我们虽然各自奔忙在不同的工作岗位，经历不同的生活环境，但我们拥有相通的情感，那就是兄弟情、学友情、故乡情。

我们生存的这条路如此艰辛、如此之长，长得青丝变白发；又如此之短、如此之近，近得可以窥见所有的故乡风物。远远近近、短短长长，便容纳了人生无尽的苦乐悲欢。于是思念中的一切都不由自主地变得可珍可惜、可愁可爱！借今日同学欢宴之机，赋诗词二首，赠贺新才同学。

卜算子·贺凤栖山会友宴

山是翠青青，水是澄澄碧。春到人间百感生，总觉流年递。　　同学又相逢，欢乐同歌起。难罢枫栖宴中杯，放眼超千里。

开 心 果

山水相连望海平，人逢多感月逢晴。
闲观月色闲愁远，独指山川独步轻。
酣酒一场开锦梦，酬宾三席话心声。
无端酒性赤颜起，未了曹公铜雀情。

2019 年 3 月 15 日

把酒对月 (四首)

——答谢焱云君、全中君等学友致爱有感

唐朝盛世天上月，唯有李白诗情说。
诗仙李白乘风去，青夜月光几圆缺。

当今再唱李仙诗，明月如同李白时。
我学李仙空对月，诗仙明月可能知？

李仙斗诗复能酒，我今品茗学几首。
勇士虽愧无李才，料应月不嫌我丑。

今生难修公务员，今生难捧紫金冠。
西域风情一楼舍，后院花卉月上天。

2019 年 4 月 12 日

江城子·西湖怀寓

　　涌金门外上船场。翠荫长，正身装。灵隐寺中，诚意旺烧香。谁识两峰相对语，天暗暗，水茫茫。　　西湖春景不寻常。功途长，事途长。恰似春来，四望暗飘香。驿使春来春不老，南北在，共心肠。

2019 年 4 月 14 日

回　　念

——饯别诸友　依然在目

　　窝堡航站送君时，满林风雪倍相思。
　　西行万里堪回首，太空星烁日升迟。

2019 年 4 月 16 日

春 画

——答亦之先生

依然垂柳绿长堤，辉映落霞万树西。
唯有近滩识鱼性，青山幽静听莺啼。

2019 年 4 月 16 日

心相忆 场难逢

分别只经年，同窗情谊牵。
举杯情愫涌，观世若风旋。
行觅人生路，转回客梦烟。
已知心未竟，更重与君缘。

2019 年 4 月 25 日

沁园春·饮茗思亲

日月经天，风雨环球，万物缤纷。首敬天与地，慈恩父母，弟兄姊妹，尽揽吾身。胸臆安然，醒眠朱阁，耿耿此情堪味真。风尘客，看熙来攘去，奔走生存。　　闲情点咏书吟，春寒尽、枝头满是春。叹时光流水，禅心静好，思亲茶语，杯映浮沉。上去下来，杯中杯外，争把浮生空一轮。春风意，惜朝朝暮暮，梦走家门。

2019 年 4 月 25 日

题四十五周年同窗影册

故山故水影茫茫，故事故人在梦乡。
春草如茵晨露重，夏阳似火晚荷凉。
同窗历世情恒久，华发经霜路漫长。
阅尽五湖观四海，大河依旧阅沧桑。

2019 年 4 月 26 日

风流子·答谢宗导先生

　　这首词是对原作者《风流子》给予的答复，人生再怎么节节高，再怎么高官厚禄，再怎么贫贱无奈，都会回到原点。自然界如此，人类也亦如此，谁都逃避不了由生赴死的周期。然而，生存的当下，应风流自在一些，看空了一切就能风趣自然。

　　立足天山道，边关冷，皓月满征鞍。忆竹笋乡情，翠囊亲赠，破层穿土，节节初攀。惊回首！燕台云掩冉，故旧渐阑珊。岂见天穷？水无西往，鬓难重墨，带自松宽。

　　东风催铜镜，菊满面、寄情故土难还。应想重生装扮，再立人寰。奈情迁事逐，心随春老，梦空衾冷，欢与花残。谁料如烟百岁？寿比南山！

2019 年 5 月 3 日

答亦之友

温良俭让与谦恭，理性平和辨奸忠。
娓娓道来皆有据，轻轻拂去杳无踪。
授经讲业堪师表，解惑答疑理从容。
老骥伏枥千里志，笔耕不辍再登峰。

2019 年 5 月 4 日

和亦之《留春》

春在异乡且作客，客路逢春更惜春。
寄语莺啼休便老，天涯春景更宜人。

2019 年 5 月 8 日

贺清华大学李教授六十寿辰

刚得知李教授生日，应黄瑞邀请，即兴赋诗，只当献丑吧。但祝福的心是实在真诚的！

质朴清高秉性直，梅兰松竹是清仪。
一生勤苦终回报，半世清华未老时。
育女孤持如孟母，培桃精进是贤师。
葫芦丝曲和声起，海屋添筹道骨姿。

2019 年 5 月 9 日

临江仙·贺先生孙子竞逐扬帆

学子激扬情意发，十年寒窗青春。求知历练好良辰。认知新世界，夯实好年轮。　　酷也坦然皆炫彩，池鳞一跃龙庭。中文外语共相亲。书童真争气，接力十年人。

2019 年 5 月 17 日

小满诗友茶话会

时逢节日看今朝，竹韵松声连九霄。
草甸花园凝绿意，诗坛客友论风骚。
愿祈谷麦灌浆满，应有实诚戒躁骄。
禾物自生常自立，风吹麦浪更妖娆。

2019 年 5 月 22 日

满庭芳·贺云波六十六寿辰

华诞金秋，呈祥己亥，波云都逐飞龙。一生简朴，君子谨谦容。青壮雄风一路，金融界、清朗贤忠。频驰望，征帆远处，无愧与皆穷。　　环中挥墨手，谁如智叟，笔底生风。具一派江流，北苑南宫。汝亦烟霞骨相，闲点染、运笔深功。唯凭记，高风亮节，曦与寿高松。

2019 年 6 月 1 日

潇湘雨·忆聚天山

　　2018 年秋，陈、江，王、鲁、张等学友在万忙中不辞辛劳偶来相聚，在人生的历途中，多了一些甘甜，多了一幅画卷，多了一程风雨故事。今日与陈电话相叙，又把人生托向高远。幸哉！乐哉！拟《潇湘雨》韵，再赋心路，供来疆友人共享。十日游，大家席散，我慰藉至今。那一刻，相互牵手祝福，相互回眸流远，真有烟雨慰扁舟之感。

　　满目荒疆，洪原戈壁，气清天朗高秋。偶来相聚，携侣天山游。千里苍山隐秀，看天外、云彩闲悠。年华事，过眼一掷，共付大江流。　　多情总把酒，樽前壮语，一醉方休。大河在，滔滔四季沉浮。人世沧桑几许，哪管得、跨马封侯。君且看，千山万水，烟雨慰扁舟。

2019 年 5 月 31 日

朝中措·祝贺新才兄寿宴

豪庭华丽画图中，六十六春逢。寿佬精神矍铄，亲朋兴旺情浓。　　千秋胜概，贺歌欢乐，醉享南松。还复当年俊逸，风流倜傥慈翁。

2019 年 6 月 7 日

喜迁莺·贺新才兄六十六寿辰

凛凛风骨，看飞黄便是，峥嵘岁月。济世悬壶，圣医药手，君守爱民仁德。点检平生之处，坚木尚存寒雪。众尊处，为从头屈指，世间人杰。　　艰辛，称卓越。养育雄鹰，喜看儿孙策。东浦昆山，财团沪卧，众口皆碑评说。贺翁六六华诞，寿比南山松柏。问机处，看黄浦海口，涌波明月。

2019 年 6 月 7 日

水调歌头 · 思君

借我青稞酒，了却几分愁。青山依旧，约日乘辇赴西流。问讯青山烟雨，俯仰人间今古，此意隐心头。天地几今夕，白首与君游。　　愤青老，新白发，笑重筹。满湖明月犹在，何日上滩头？不见山间湖景，方是人生遗憾，银翼划前谋。谁道青藏苦，天际是神州。

2019 年 6 月 20 日

沁园春 · 己亥盛夏携友访青海湖

天下奇观，碧湖隐山，雄冠一州。对晴烟远黛，萋离塞草，湖涛翻雪，激岸吹舟。春去秋来，浪长潮落，手遮斜阳鸟岛楼。陡生惜，叹人生易老，空转时流。　　寻由，携友同游。谁能识青湖为甚留？问随行访者，李公①神在，垂询地质，破译湖丘。鸥鹭穿云，鱼游牧马，可管人间烟火愁？须晴日，望沧波浩远，岁月无休。

2019 年 6 月 21 日

---

① 李公，指李四光，湖北黄冈人，地质学家，中国地质力学的创立者。

298

和少珍女士亦之先生咏荷有感

荷生僻处不沾尘，池上风光显洁神。

映水莲花千朵秀，贴波荷叶万盘青。

莲桩入菜根尤贵，茎节供医子更珍。

百卉遇秋凋谢尽，唯莲老去献全身。

2019 年 7 月 13 日

江城子·西宁小聚

湟河湍浪西宁红。诉情浓，酒干盅。唱晚夕阳，雏燕变鲲鹏。相见仍当隔岁影，同心喜，步轻松。　　高原西域柏葱葱。六旬中，再相逢。往景述怀，天地有雄风。湟水长流天未老，明年见，再登峰。

2019 年 7 月 20 日

写给云波先生寿匾前奏

暮年相悦庆高秋，执手言欢笑语稠。
一桌盛筵待亲友，三杯玉液壮心头。
当年回望凌云志，执业金融鬓发柔。
盛世欣逢夕阳美，寿星寿匾庆添筹。

2019 年 7 月 23 日

南乡子·贺云波先生高挂寿匾

相约望神州，满眼风光应唱酬。寿匾今朝堂上挂，同
俦！仁杰古来共风流。　　往事越心头，质朴谦谦迈向秋。
展望未来更锦绣，赳赳！同享蟠桃添寿筹。

2019 年 7 月 23 日

答 友 人

那年挥手校园别，遥望鄂东江畔月。

吟罢枉凝恨转多，见时不语颜生涩。

霜侵几度红尘深，天赐一方情愫切。

今日重温梦幻中，离歌一曲千千结。

2019 年 7 月 24 日

祝福寄语

——贺高卓侄子荣登西北大学

济济一堂论博文，欣逢盛世自当勤。

放歌情满千山秀，研得心藏五柜真。

应记谆言尊父母，亦沾地气接乾坤。

仰天鉴月皆胸臆，国运家途寄后生。

2019 年 7 月 25 日

浪淘沙·贺王先生焱云谈女士
秋芬金秋寿筵 (二首)

佳丽遇贤公，才貌双融，非凡举止沐华风。执业供销携一镇，意切心同。　诚信守行宗，道正盈红，豪情贯日事亲躬。长与民生期善处，更待重逢。

商海竞帆中，谁道平庸？双栖比翼蕴情浓。竭虑殚精昭日月，一任天公。　鹤伴九霄重，常展姿容，同年同月同窗丰。寿筵佳肴同品处，寿侣苍松。

2019 年 7 月 28 日

满庭芳·王先生谈女士乔迁新居
暨六十五寿辰志庆

新宅城南，高梧引凤，回环蝶舞莺喈。濑河美景，碧翠间金苔。时值秋高寿筵，逸仙友、携手徐来。同心契，芬贤云达，玉液谢瑶台。　当初商海激，玑珠竞茂，一镇君才。更欣悦、八方紫气盈开。漫道天成锦绣，荣休后、百紫萦怀。华堂内，双栖月朗，高寿乐香腮。

2019 年 7 月 31 日

302

和亦之先生移步消暑神农极顶有感

神农极顶瞰云松，帝业道灵一望空。

松涛绿水莺鸟语，青山极顶汝为峰。

2019 年 8 月 3 日

蝶恋花·老伴六十三岁寿诞联想

常见青山烟袅袅。天际飞霞，照遍黄花坳。携手并肩勤赶早，一江春水鸳鸯好。　　和睦家园烦恼少。父母恩深，子女心中孝。老伴新潮眉画俏，年华装点青春照。

2019 年 8 月 9 日

303

读采华先生大作《华山谣》顿生震撼

沉吟放拨管弦中，整肃衣冠起敬容。
暮去朝来颜未改，华山一曲动秦宫。

2019 年 8 月 20 日

满江红·同窗

戴月披星，宏图展、此生未歇。惊回首、卅年风雨，激情年月。春种夏收随意闹，秋高硕果勤中结。大千里、处处听笙歌，齐欢悦。　　诸学友，当人杰。常相忆，微屏说。沐阳光雨露，此心同阕。斜映夕阳情谊久，白驹过隙光犹烈。笑今朝、老骥奋坚蹄，任从越。

2019 年 8 月 20 日

点绛唇·友约游园

午觉才醒，卷帘放眼秋高处。漫生思绪，应约游园去。
柳舞婆娑，秋韵知何许？频频顾，缓风移步，早菊香
飘路。

2019 年 8 月 24 日

水调歌头·献给书画大师胡克

平展凝秋碧，仰望入心清。尘风无碍心力，翰墨溢香
凝。州府段家画展，又见挥毫神采，福字送安宁。亦品毛
峰味，厚笔绘青林。　　山河壮，丽千里，梦有因。家藏
字画，长街小巷吐芬馨。当以非贫怀玉，又以墨香待客，
晨晓画前程。但愿福长佑，下笔似龙腾。

2019 年 8 月 27 日

水调歌头·纪念同窗聚会两周年

秋兴高天远，爽气掬星河。雨晴山势飞动，归雁去声多。丹桂香凝宴府，同学友情卓雅，问体健如何？天地无方量，时序如穿梭。　　两年过，群主政，咏青歌。秋光照彻华发，壮志未消磨。眼见席堂诸位，巧借国庆余热，感触满心窝。把酒暂舒啸，千里动情波。

2019 年 10 月 2 日

水调歌头·告友人

雁声荡高壁，秋气静云林。回身川岭隧道，惊步走幽深。昨日枕碴镐捣，今日新程换轨，劳杀苦工人。一笑平生事，汗水湿衣襟。　　增日月，尽其责，壮怀行。众生思梦佳处，实干如登临。我有热心琼酿，唤醒山花山鸟，同汝醉时吟。何惧苦和累，工满自丰银。

2019 年 10 月 22 日

唐多令·贺师妹刘惠琴八十寿诞（代人作）

江上有雄桥，山遥水更遥。几十年、桃李娇娆。祐下八旬今上寿，历风雨、更新潮。　　行绣画诗谣，青松鹤立标。望楚荆、千里翘翘。再画青骢飞跃去，便不到、也风骚。

2019 年 11 月

记前日同窗聚会万里传视频有感

金秋十月会同窗，一路风尘满面霜。
落座举杯追往昔，书生英气话沧桑。
凌云壮志曾经梦，岁月蹉跎共品赏。
无辱志行人世路，苍天可得自思量。

2019 年 11 月 7 日

沁园春·喜庆朱洪老师九十华诞

大别风光，东去江涛，笑逐远方。祝恩师寿诞，同抒壮志；寒窗学子，贺赋华章。教诲诸生，传经吾辈，桃李源源送八方。书坛上，运东风化雨，叶绿花香。　　喜临鲐背之堂。乘时代春风意气扬。望高阳长在，霞光常耀；真知献吉，至理呈祥。智识超前，人才至上，共乐浠川鱼米乡。期颐寿，与韶光同步，剪彩康庄。

2019 年 12 月 18 日

高阳台·致友人

四十余年，蹉跎岁月，时时梦觉亲俦。心语弦歌，何愁两鬓霜秋。清风记忆依稀在，悦诸君、岁月长流。蓝空中、梦幻犹新，尽付征途。　　不堪回首他年事，仅乡情亲眷，印象深留。老酒添壶，繁华去后悲秋。人生百岁从容度，待移时、携手登楼。漫怡心，风物春开，一醉方休！

2019 年 12 月 29 日

庚子年抒怀寄友

驱车吟咏走天涯，暑往寒来由任他。
老马识途承盛世，松枫傲雪孕新芽。
行年庚子丰康健，雅室书香情更佳。
拼却洪荒一举力，自然风骨胜梅花。

2019 年 12 月 31 日

蝶恋花·寄友人亦之先生

相识青春成挚友。异域他乡，惜远难携手。屈指时光离别久，常思往昔情怀旧。　　世路崎岖从古有。市井风潮，刻记遵操守。修得清风盈满袖，依然故我欣回首。

2020 年 3 月 7 日

卜算子·家国同学六十五岁寿诞次日致意

　　山下枫栖楼，笑迎天下客。一株天香映春晖，庭院馨香色。　　骏马蹄飞歌，风雨英雄阅。红酒一杯醉心声，女杰数家国。

2020 年 3 月 29 日

风中柳·思友人

　　山映斜阳，还望满园春秀。念同窗、感怀依旧。释怀回首，青春别后，各拼来、一番成就。　　流年似水，岁月磨砺容皱。饮人生、悲欢苦酒。心中红豆，依思故友，择佳期、再来邀候。

2020 年 4 月 15 日

点绛唇·致文苑花香七律十四篇

文苑花香，律清词韵情风袖。景情佳构，首首书香透。梦境清怀，千里人长久。君好否？弥新历久，格调还依旧。

2020 年 4 月 25 日

忆同友人临风高原上

拥抱高原目黄河，三江源上品青稞。
日月山灿大唐策，塔尔风情泊太和。
古刹息心云外磬，西天梦幻醉人多。
天涯处处眠芳草，满麓牦牛藏族歌。

2020 年 4 月 23 日

望海潮·与友人相敬乌市茶楼

东风柔夜，桃花满眼，呢喃春燕来归。山雪溶潺，新楼古柳，几多感慨成堆。笑语共相偎。谈今忆往昔，岁月无回。白发红颜，歇后多少老陈规。　　茶楼夜聚相知，看天山钩月，边地生辉。花树落红，芳菲缀地，来图异日宏恢。相对展心眉。有幸逢净友，尽畅心扉。老至何须止步，品茗送斜晖。

2020 年 4 月 25 日

台城路·书寄旧友

成人路上春光眼，经看少年人老。历历风尘，夕阳忘却，还把人生念好。几回梦绕。漫慷慨雄歌，余辰难料。相见如初，却都倦客鬓斑了。　　行经几度惜别，把人生证照，空被时恼。欲拾重来，再无年少。还可升华多少？羁怀清扫。犹记当年窗，那些苏小。寄语盟鸥，问诸君近好！

2020 年 5 月 12 日

写给亦之先生家乡旧庐

人生百味竟何如？红尘已解当如初。
官场进退四十载，安卧莫如旧敝庐。

2020 年 5 月 17 日

和友《回家》

风物人间自有因，回家挥洒意归真。
红尘过后飘零客，茗翠香余旷达人。
事到忧思空闲处，意追河水绕亲邻。
诗书旧籍馨香宅，天地入庐怡我情。

2020 年 6 月 19 日

赏　荷

——和亦之先生《莲》

荷生池浦泽泥泞，独茎擎开破水神。
映日荷香千朵盖，贴波翠冠一湖森。
绿伞蓬莲根尤贵，茎节医人子更珍。
暮秋百卉萧瑟去，唯有莲蓬献老身。

2020 年 7 月 1 日

忆旧游·思念

好风摇柳色，蝶舞莺飞，炎夏炎焦。何日行平地，记莽原千里，曲水横桥。挈友拾芳寻翠，更慕楚天娇。奈夜梦思乡，余情锦字，难谱心滔。　　难熬，夏长日，看聚幕景远，苦煞今宵。毒疫时还阻，纵严防谨守，难解今朝。唯有北飞鸿雁，结阵摆人桥。为使语东君，相逢何日舒昼宵？

2020 年 7 月 2 日

和亦之先生游白莲河大坝即想

悠然漫步到河湾，大坝横空思旧颜。
欲把恒量赠君手，东西渠水广浇田。

2020 年 7 月 3 日

清平乐·和亦之先生《茉莉花》

美人娇小，妆素容颜好。秀色骄人香气绕，信手拈来多少？　　香力熏梦堪嗟，碧云隐映烟霞。盛夏夜深月出，茉莉枝上银遮。

2020 年 7 月 13 日

台城路·看同学们相册有感

翻开相册如翻梦，重逢可怜俱老。南国春空，山城岁晚，无语相看一笑。荷衣换了。任人世尘沙，冷凝风帽。日月长循，近来可晓同窗好？　年华定格册影，着妆迷紫曲，芳意多少？少男少女，纯情真意，犹记同窗发小。无端暗恼。又几度流连，此情难晓。回溯当年，是重回更好。

2020 年 9 月 16 日

踏莎行·秋约感怀

秋霁神怡，大疆明丽。惊沙博旷芳芬地。醉人瓜果又飘香，秋高豪爽云天美。　享入金风，馨流菊季。悠然得趣人生意。乐乎朋友远方来，畅谈愿景清秋里。

2020 年 9 月 20 日

临江仙·答友人

　　朗月星河开眼，人间秋色烟波。金风拂动万山河。物华秋恋去，萧瑟伴消磨。　　风景梦中犹在，醒来才觉蹉跎。曾经愿景灿而多。人生叹苦短，薄发又如何？

2020 年 9 月 27 日

虞美人·双节的祝福

　　高山流水情难了，往事知多少？中秋国庆沐秋风，酒味浓回欢畅月明中。　　浑然梦里年华在，只是朱颜改。神交望月解千愁，尘世人间风物竞风流。

2020 年 9 月 30 日

饮茶思友

捧杯日日忆同窗，一盏清茶满屋香。
君子之交意纯化，茶烟助我思飞扬。
诗文故友长相伴，笔墨新词唱夕阳。
坎坷人生多少事，修缘天下住家乡。

2020 年 10 月 11 日

水调歌头·携友秋游敦煌感咏

驱车敦煌境，怡性宇中仙。上苍相恰人意，红柳引秋欢。鸽阵翩翩弄舞，驼队蠕蠕涌集，石窟启前贤。月牙泉中草，沙斧削为山。　　大气清，寰尘净，沐蓝天。素笺难达心挚，举酒润心田。回味人生羁旅，不负故乡养育，夜卧竟难眠。翰墨从心迹，故友一生缘。

2020 年 10 月 17 日

点绛唇·离别

在凤栖楼，送君还是逢君处。酒阑呼渡，宴谊群贤举。
欢聚一堂，都是知情雨。惜龄侣，断肠柔橹，岁月相
摇去。

2020 年 11 月 17 日

齐天乐·答谢学友深情

凉风一夜吹寒遍，红片晓枝犹恋。沽酒萦怀，新吟未
稳，相敬心中留暖。将情买断，恨缩了时光，榆钱难贯。陌
上秋千，相逢难认旧时伴。　　轻衫嫩粉褪了，有余丝缘
在，欢聚偏短。柳线穿烟，莺梭织雾，多少平添新怨，难书
笔管。待寄予深情，犹凭鸿燕。不学杨花，解随人思远。

2020 年 11 月 17 日

浪淘沙·冬夜寄友人

沉夜碧星空，瀚海朦胧，遥遥塞上万千重。已近残冬风正峭，漠漠寒踪。　　缘到自重逢，哪怕匆匆，君音犹似旧时同。心事一腔谁可解？山水情浓。

2020 年 12 月 12 日

感二子在长子母校北交大合影

庚子年终新冠侵，弟兄相见也心惊。
临行临别校园影，难舍难分骨肉情。
拥抱未来思致远，韶光不负望前程。
秉承父性如山岳，惜未当场酸泪盈。

2021 年 1 月 2 日

附：亦之江林军学友和诗

父台有志子孙豪，昆仲京城夺凤毛。
淬炼经年才识广，琢磨立论智商高。
无情场上须拼力，有用男儿应梦刀。
大国精英平易出，不徒半世任辛劳。

320

投 缘

两岸浠河浓化妆，云楼清影绕心房。
幽怀早与江公约，魂梦跃飞云水乡。

2021 年 1 月 9 日

附：亦之《和勇士〈投缘〉》

浠河静静夺天然，岸上人家福泽绵。
曾有移家空念闪，谁知闪念与兄圆。

古邑宜居在一方，河楼照影亮新妆。
清泉环顾流江去，腾起朝阳送夕阳。

欲与吾兄共走廊，时常携手步华堂。
古今中外圣贤事，春夏秋冬日月长。

庆宫春·贺亦之江林军先生
六十七岁华诞

　　晨听莺啼，远茫鸿影，引来寿庆春色。虽有春寒，华灯风动，总成欢语穿越。寿星排宴，与亲友、颐情享悦。祥呈瑞列，不啻仙宫，山水清澈。　　不忘砥砺荣归，谦谨如常，玉清身洁。筵宴堂前，未临把盏，遥把祝词托月。阳春香冷，怕空负、悠悠情结。延年松鹤，天赐梅花，与君同折。

2021 年 2 月 21 日

水调歌头·答谢卢老先生水墨书迹

　　莫道毛锥软，落笔意绵长。丹青水墨呈现，宣纸话兴亡。大地神君抒卷，李杜诗和远方，国粹竞珍藏。神笔千钧重，翰墨万年香。　　宣卷界，疏密当，韵意香。先生锦绣凿手，方寸绣心房。春水长天破浪，空谷幽兰泼墨，腕底发奇光。染蘸一池水，书画永留芳。

2021 年 3 月 10 日

卜算子慢·谢谢

收齐验讫，娇蕙露芽，满口郁馨香气。清盏冲融，正似雀沉云起。顿时分、溢在春天里。缭思绪、端杯意远，浓浓积愫相继。　脉脉人千里。感馈赠天然，紫壶春蕊。二月抽芽，五峰梦清昭示，已无言、只会真心意。且看这、芸芸众众，友人丹心寄。

2021 年 3 月 24 日

春波媚·贺张亚金先生六十六寿庆

春到中南画屏开，赤壁映高台。寿星主宴，凭高祝酒，此兴悠哉！　多情豪荡春江水，军旅砺贤才。名城宏业，馆煌遗爱，鹤与春来。

2021 年 4 月 8 日

临江仙·鹤寿延年

自古江山人与共，当歌应世英雄。一身荣瘁转时空。惯看云作起，雨过夕阳红。　　因缘人生聊不尽，萧萧皤发临风。举杯遥祝与君逢。延年鹤寿好，体健酒杯中。

2021 年 4 月 8 日

鹊桥仙·初心拾翠

时来已暮，绪飞无际，锦瑟华年黯度。枉辛劳瘁鬓先秋，远名利、蹉跎无数。　　流年似水，冰心如故，珍视夕阳归路。拾回落翠竞黄昏，哪晓得、坦怀萦步。

2021 年 4 月 8 日

江城子 · 与子相悦在北京

　　流年辛丑话祯祥。正思量，奋图强。相聚京城，访古绕楼堂。两代人生同向往，开新局，启新航。　　交流儒意暖心房。互研帮，敬人长。有乐有为，智慧任徜徉。知识当然生产力，高阳处，见鹏翔。

2020 年 4 月 25 日

五一节于京城与子抹牌风情乐

　　难忘京城夜色游，织成路网月边楼。
　　为寻一曲春秋卷，杠上开花遣客愁。

2021 年 5 月 1 日

贺新郎·离京抒怀

曙色临舷牖。喜飞来，京城应约，向余招手。知是蛟龙京畿地，碧瓦红墙新绣。晚霞夜，长安如昼。且为牵来行进曲，冀吾孩，起舞风情袖。陪款款，满斟酒。　　天山皓月从来秀。想当年，书海寻路，几人能够？吟上层楼谁争锋，苦读勤耕争究。统不问，淘金水绉。近感百花今日事，栋梁材，向往东风久。邀豆豆，醉重九！

2021 年 5 月 11 日

风入松·敬寄李俊生老师

遥思相隔几千峰，日久情浓。离分四十余年后，师生缘、莲藕丝绒。路远征程不失，扬鞭仍记前踪。　　笺书难尽致言中，只待相逢。恩师鹤寿人康健，待来日、拜谒尊容。缘念师生未减，多应此意相同。

2021 年 5 月 28 日

326

一丛花令·祝贺董友智晚年喜得
"吉利"大驱

　　志怀高远几时穷？白马寄情浓。征途吉利千丝秀，更登楼、心旷神从。嘶骑座驾，征尘不断，携友探行踪。

　　心猿乐骥意融融，南北瞬间通。今时俊逸斜阳里，领夕阳、乐在斜红。沉思细虑，人生难得，应解嫁东风。

2021 年 5 月 28 日

望江南·忆同乡

　　帘帏卷，炎雨熟蟠桃。千抹红霞天又晓，天山明月酒香飘。空碧纤云高。　　风浪阔，磨尽一生豪。沉醉山前骑白鹿，梦回心颤听家谣。长望故乡遥。

2021 年 6 月 14 日

清平乐 · 见友人

　　绿围红绕，不待鸡啼晓。难得今朝偏起早，因有京朋访到。　　口罩隐去容颜，相见揖手情牵。气沫恐能传染，岁月静好无边。

2021 年 6 月 15 日

咏荷联想

——祝亦之先生考驾照成功

夏日清风过，悠悠静植妆。
深怀君子德，出水自传香。

2021 年 6 月 30 日

赠亦之

借亦之先生今日举庆，赠陶公之感喟，助高朋之酒兴。人生无根蒂，飘如陌上尘。

分散逐风转，此已非常身。
落地为兄弟，何必骨肉亲？
得欢当作乐，斗酒聚比邻。
盛年不重来，一日难再晨。
及时当勉励，岁月不待人。

2021 年 7 月 18 日

金缕曲·遵心行走

黄瑞入职部委，组织上登门探询，既喜且悚，夜不能寐，写给黄瑞征途致远。

大道凡人究。日当空、神灵左右，夜郎僝僽。如影随形高低就，谨慎言行不苟。程锦绣、遵心行走。权势重轻心有数，与同侪、处世磨功秀。酥雨后，风声诟。　　始终耿耿初心守。学无涯、审时度势，戒骄看柳。甄别交心多情事，赤子丹心不负。但愿得、河清人寿！更得青名松竹在，把功名、代代传家久。言不尽，观回首。

2021 年 7 月 20 日

浪淘沙·交心感怀

散淡在堂前，彻夜无眠，悠悠往事似云烟。锦绣抒怀非是梦，阵阵心甜。　　茶滚热山泉，漫品尘缘，匆匆来去好凄绵。劲力青松伸碧宇，景兆年年。

2021 年 7 月 21 日

卜算子·望儿郎 (二首)

世路本崎岖，更有风和雨。是是非非几度秋，岂被儒冠误？　砥砺磨平生，得失无凭据。三省吾身入小诗，只把真情注！

小小儿初成，切忌生狂语。更觉描眉不入时，累莫伸言苦。　心念国民情，畅抒情怀愫。但愿天心映我心，步好国资舞！

2021 年 7 月 24 日

满庭芳·写给黄清琳倩孙读书在路上

花季时光，年华易失，夜深灯影寒窗。霁天星月，常伴读书忙。但觉求知路远，心方静，文理心藏。前程路，清心自律，信步自留芳。　休徨。多少事，全凭毅力，成败何妨！愿赢得恒心，任自翱翔。谁说女子气短？看巾帼，业绩辉煌。前头路，各行精英，定有汝名扬。

2021 年 7 月 30 日

虞美人·读亦之先生《秋雨》

秋风托起秋枝舞，更待秋雷雨。晚来枫叶落残红，唯有豪情千丈对长空。　　知音得与同携手，更尽杯中酒。沧桑历尽几多愁，桂酒多情洒在月明楼。

2021 年 8 月 18 日

附：江林军《虞美人·秋雨》

幽蛩急急鸣秋雨，切切追残暑。飘零黄叶缀车篷，意欲探秋消息驻秋容。　　度秋会有多长路？难量人生步。但倾衰力献时光，何必春风秋月总如常。

蝶恋花·思君

秋到无风生叶堕。寂寞园林，柳老丝垂过。落日有情来照坐，流河静谧云波破。　　踏遍秋山寻唱和。尽染层林，好似楼灯火。亭驿驻车新句作，思君之处君思我。

2021 年 9 月 1 日

西江月·再读亦之先生
《暮年乐歌释意》感怀

莫论世尘起落，与时俱进为宜。鲜衣怒马少年时，须信人生如寄。　　发白稀疏相慰，天长日久唯祈。甘霖时布与心随，吉照愿同升起。

2021年9月3日

醉落魄·相见

相见如昨，生缘好似萍漂泊，偶兴相间除萧索。百态人间，清涤红尘浊。　　重逢别久情如昨，欢娱酒盏休辞却，惜拾光阴平心诺。耄耋昭贤，莫负人生约。

2021年9月10日

333

临江仙·黄瑞下基层有感

　　常忆乡愁多少载，天涯足迹红尘。乡音未改志犹存。无为方俊杰，有节是真君。　　万里长河帆影继，银蟾陪伴星辰。纷纭时势演情真。此生如逆水，谁不客舟人？

2021 年 9 月 13 日

江城子·忆昔

　　别时容易见时难。绪难牵，意阑珊。岁月当重，继步习从前。却爱子规川谷叫，归来去，耳盈阗。　　光阴一转又秋天。路漫漫，景情鲜。明约当归，何事隔关山。秋思每朝明月望，清辉下，暗思缘。

2021 年 9 月 18 日

渔家傲·会友

　　一晃半个世纪，有幸与老班长江利元同学重逢。一要感谢亦之先生宴约，二要感谢秋光馈赠。颇添感慨，填词一首，以示多年思念之情，"心知君做相思梦，可晓我梦比君长"。

　　夜入深秋寒漠漠，梦醒独自品寥寞，极目长天如积幕。浓墨着，正道人生光阴卓。　　阔别多年相聚约，上苍缘继犹如昨，浊酒一杯相嘱托。暖心角，夕阳西下真心诺。

2021 年 10 月 17 日

采桑子·感赋亲朋好友

　　秋冬春夏相轮复，生日年年，且作平凡。漫漫征途岁月迁。　　人生风雨莫当苦，敢为人先，事业攻专。激水中流赋新篇。

2021 年 11 月 13 日

台城路·感赋

友人重逢如故，相对如梦，历程回味，已是六十八龄矣，因赋此词。

青春别后常留梦，重逢可怜俱老。水色春空，山城岁晚，相见会心一笑。青葱换了。风霜可饶人？能见方好。握手吟情，情该互惜此生杪。　　欢游江南仙岛。酒红心曲醒，纯情芳绕。敬盏交怀，千言万语，尽致当年骁少。暗留怅恼。又几度流连，岁华知晓。变革年间，慎今生乐好！

2021 年 11 月 17 日

满庭芳·贺学友王林七十华诞

弹指人间，古稀华诞，纵横体坛风云。乾坤转换，汗马立功勋。赢得学界高誉，拼搏场，犹带征痕。施健身，巷乡腾转，纵羽扇纶巾。　　自铮铮硬骨，山河气壮，敢摘星辰。为普及，挚念群体众生。高扬健民正道，望北斗，星佑黎民。浠川锦绣，无悔自情真。

2021 年 12 月 4 日

清平乐·敬祝李俊生老师耄耋之年快乐

人生如梦，弹指鬓霜重。四十余年风雨共，才德恩师出众。　　无情岁月匆匆，重逢久慕尊容。莫叹韶华逝远，欢欣鹤寿春风。

2021 年 12 月 26 日

水调歌头·庆贺亦之先生六十八岁华诞

致亦之先生：怀系大地，华衮归故里，犹若天香。星移太微几度，誉溢城乡，浠厦驻足，趁鲈肥，腊味甘尝。紫雾底，玉清候晓，尽看访贤春行。不能亲临以作心赋，祝贤弟同窗福寿康宁！

紫气东来照，虎年寿添俦。亲朋今日团聚，惬意暖心头。室内欢声盈耳，窗外春风送爽，赏景上高楼。挚友欣同乐，寿酒悦心喉。　　多年梦，争朝夕，壮志酬。今闻寿诞，王母欣送寿桃酬。惊喜月娥伴舞，感动吴刚备酒，曲韵醉中留。展望新时代，更向耄年游。

2022 年 2 月 9 日寄作于哈密

浪淘沙·北京新族兼和刘金荣先生

　　春雨意绵绵，洁净人间，罗衾暖透五更天。客是曾经今是主，意在京欢。　　独向北边看，势贯峰巅，长城万里越雄关。八达岭前犹醉意，灯火燕山。

2022 年 3 月 1 日

附：刘金荣先生《浪淘沙·春满黄州》

　　春色满黄州，簇拥高楼，大江东去永无休。遗爱湖边灯火夜，碧水栖鸥。　　桥架步云头，浪上飞舟，南来北往笑声柔。经济腾飞行大步，一展风流。

水龙吟·亦之先生寿诞即兴作

天山飞马奔来，雪莲望南方招手。仁兄朝日，新居寿诞，亲缘依旧。云致群贤，纳祥鹤展，慕姿翘首。算人生砥砺，功名本是，身外事、君参透。　　况七星恒北斗，逢盛世、大开清昼。当年也壮，而今回看，风云奔走。鄂野云烟，清泉编撰，称当歌手。望余晖，顺织人间颂事，祝先生寿。

2022 年 2 月 11 日

风入松·邀游畅想兼托同学张亚金先生宴席吹风入怀

君言撩拨动心弦，踱步窗前。春风轻掠楼前柳，一丝影、拂动华年。多少人间逸事，已成过往云烟。　　流光折处见波澜，转瞬千年。晚情贤达斜阳里，任游去、畅享江天。好趁余晖访景，夙情几处关山。

2022 年 3 月 14 日

水调歌头·王焱云先生乔迁新居之庆

吉日移新宅，畅饮乐相如。平生挥手幸事，胜读十年书。清玉乐栖伴老，几度云开梦境，今日得宽余。处世善诚立，壮志绘新图。　　人生意，向高觅，只斯须。霓虹风雨过后，雁向碧空舒。享览庭前风水，圣处心猿情满，福地九霄居。日夜清风笑，平旦吉相呼。

2022 年 3 月 16 日

八声甘州·看友人来疆留影感怀

记阳关驼迹漫沙丘，西域畅怀游。步丝绸古道，莫高石窟，此景悠悠。幻梦常思萦绕，携友会沙洲。炽热情缘处，沙斧泉留。　　回望白云归去，众星朝北斗，烁夜同畴。折柳枝赠远，留我暮年愁。望长空、南飞北雁，遇几回、来觅旧沙鸥。更思切、心牵再聚，再展风流。

2022 年 4 月 18 日

高阳台·答友人

　　春暮庭阴，轻寒弄影，连云雾雨蒙纱。户外青山，依然默守春家。举头欲望天涯月，怎奈何、天矮云遮。暗凄然，风絮连城，满眼横斜。　　人生易老情长误，况浮沉几度，转瞬惊嗟。会得知音，真诚唱响年华。如今燕舞莺飞起，纵腾高、难越天涯。几人知，沽价尘间，莫负韶华。

2022 年 4 月 20 日

寄吾弟心语

　　名流自古出东方，幽谷难兴伐木场。
　　气象开来激尘世，蝶蜂相竞吮华芳。
　　芝兰入室香自化，桃李开花春又长。
　　万水千流归大海，同舟劲力向远航。

2022 年 4 月 21 日

赞别开生面乔迁仪式大观有感

浠水有高楼，上入青云端。
一河两岸阔，阿阁九栋间。
智者理清曲，窗前听朱弦。
扬音长河里，谁不驻足观？
宾客会四座，丝竹绕梁旋。
日中车马至，酣畅酒杯干。
相见余年好，知是良朋缘。
都觉同路人，携手伴华年。

2022 年 4 月 23 日

临江仙·夜思

记得当年同窗处，丽姿清影天然。一场变革学难全。
匆忙来毕业，此后各扬帆。　　几度梦中闻笑语，醒来地
北天南。无声岁月凝眉间。暮年情未断，惹我未成眠。

2022 年 4 月 29 日

浪淘沙·观亦之雾景照

晨雾涌高楼，缥缈灵幽，神仙似在此间游。楼上开轩观胜景，悦目心头。　流雾起清流，天赐温柔，仙烟朦罩一河愁。哪管河风吹去日，美景堪留。

2022 年 5 月 2 日

临江仙·立夏思友人

塞上今朝迎日丽，韶光已度边城。长河日照柳初新。道同生挚念，寻梦并肩行。　翘望天山花烂漫，欣看飞燕啼莺。大鹏振翮向天鸣。西部正开发，助我再登程。

2022 年 5 月 5 日

鹧鸪天·致友

入夏午间好梦沉，薄衾相拥养身心。暮年欲问逸闲事，还踱房前柳下荫。　何自遣？酒常温，开怀应约社朋吟。宜随盛世传家道，礼义诗书代代承。

2022 年 5 月 15 日

母 亲 节

少本出天性，嘤嘤向母歌。

亲缘叹离别，舟路激洪波。

明知生有限，浅水鲫如梭。

多是磨砺日，慈线母恩多。

2022 年 5 月 7 日

满庭芳·寄语黄瑞

毕业清华，豪情正应，酒酣点览英雄。中西学贯，天地始宽融。世路荆丛曲坎，须智者、破解迷踪。平常日，多添朴气，进顿敢从容。　　路遥承大德，义求正道，为国嘶风。望秉承初心，风雨如松。朝夕砺精国事，恒致远、兴国豪雄。唯期待，平凡才俊，与共建奇功。

2022 年 6 月 29 日

卷七 览胜抒怀

长沙感怀

长沙觅胜迹，入境叩心扉。

岳麓文斯盛，南师识至微。

韶山冲故事，橘子洲朝晖。

喜走潇湘路，欣欣满载归。

1995 年仲春

游重庆感怀

朝天门前望江流，前门天国①江逝游。

千里江河云中出，松竹林间隐居楼。

雕龙画栋工匠迹，天府之国美神州。

2015 年初夏

---

① 天国，指太平天国。此地当年为翼王石达开所辖。在朝天门前观江水奔流不息，又借晚霞远眺青峦叠翠，真的感觉到蜀地山水如诗如画。

登　顶

花稀树寥落，牵绊渐不多。

临顶心愈平，云淡景自阔。

2017 年 10 月

采桑子 · 又登黄鹤楼

又登黄鹤楼头望，三镇惊眸。东畅江流。仙去千年鹤应留。　　蛇灵龟翠桥飞跨，江点欢鸥。楼锁云喉，独立乾坤春复秋。

2018 年 3 月 13 日

点绛唇 · 滕王阁寓怀

滕阁凭临，年年赣水奔东去。西山来雨，南浦云相住。物是人非，都入遗篇库。人生路，风霜常遇。谁个能参悟？

2018 年 3 月 14 日

348

游水乡古镇周庄

古镇风情故事多，人家睡觉尽枕河。
九百年来风水地，水巷小桥访客过。

2018 年 3 月 23 日

水调歌头·游白莲河水库

一带长河碧，春踏白莲溪。桃花溪岸无数，枝上跳黄
鹂。我欲穿花寻路，直入白莲深际，意绪亦纷飞。只恐花
丛里，夜雾湿人衣。　　慢移步，惊人力，叹高堤。桃仙
何处，神电闪出月光辉。仙草灵芝谁问，笑面朱唇何寄，
水利鲤鱼肥。坝上映明月，清水逐人思。

2018 年春

游黄冈林家大湾帅府并遗爱湖即事

春景又重来，暖风撩人怀。
世间多少事，花儿照样开。

2018 年 3 月 27 日

沁园春·大别山行

每到夏季，大别山景点游人络绎不绝，吸氧赏花，与大自然零距离拥抱。借 2018 年新年之际，炒小菜小碟供友人品尝。

鄂北山川，叠嶂峰峦，景气宜人。看群山雾绕，苍苍郁郁，大江东去，最是销魂。竹柏葱葱，杜鹃红遍，占尽人间多少春。心花放，品故园大地，处处争新。　　驱车一路风尘，似陡落江涛船渡津。喜蜿蜒路转，提心凝思；泰然自若，所过无痕。绕道红安，麻城直上，花海竹松耀眼神。大别山，往南来直达，浠水芳邻。

2018 年夏

五台山一游

五台山景绿松涛，明月清风鸟恋巢。
北往南来朝客众，文殊庙里众香高。

2018 年 6 月 1 日

满江红·三峡大坝游感并寄寿全三哥

浩瀚长江，流日夜、奔腾何急？激峰岸、志存万里，山川冲涤。激浪滔天声外起，高山润水云层碧。大坝雄、暂断乱洪停，调龙息。　　雅江曲，风来激。苍穹在，云为幂。静天籁、淘尽浊炎无迹。茶马铃蹄闻古道，杜鹃花向寒山立。奔千年、洪气斩摧枯，惊神泣。

2018 年 7 月 22 日

踏莎行·同一局宋工游西安碑林有感

　　西安碑林，草行隶篆。陵园典籍墨浓淡。江河日夜向东奔，石碑刻立留千卷。　　难见始陵，王宫宝殿。周秦唐汉京畿散。境迁时过面留风，雄兵百万今又现！

2018 年 7 月 28 日

昆仑山垭口感怀

　　昆仑本是龙脉祖，亘古万山尊鼻宗。
　　碧汉云腾化万象，高原雪舞耀千峰。
　　洪荒茫野无人迹，旷寂群峰少鸟踪。
　　竞越神奇天路上，铁军十万尽英雄！

2018 年秋

游都江堰感怀

都江古堰玉台西，秋日晨蒙雾雨稀。
叠嶂峰峦新滴翠，萦街人涌浅推溪。
岷江垒堰分支涌，巴蜀汗青合出奇。
常忆李冰功业大，两王庙柱向天齐。

2018 年 9 月 15 日

水调歌头·观兵马俑浅释当年

早岁曾读史，今又到长安。满坑兵马泥俑，鲜活显威颜。寻约陵宫深际，尚仰秦家风物，赫赫似当年。六国自怀梦，秦始揽江山。　　儒生泪，兵役苦，掩尘寰。揭竿奋起，陈胜吴广剑光寒。可惜文功武略，难拯黎民疾苦，帝梦枉生烟。回看骊山月，寂寞在中天。

2018 年 9 月 15 日

南歌子·西域走廊联想

　　行走在酒泉嘉峪关一带，回思起古代的战火纷飞，当年河西走廊的英雄如今在哪里？只听讲说汉朝的英雄故典，而在漫长的历史争斗中，兴衰有数，岂是一人能握住星月轮转，有感于笔端，供友商析。

　　古道烽燧墩，荒郊野兔追。当年劫火剩残灰。寻索英雄血迹、只荒堆。　　军帐为谁设？金笳已罢吹。东风回首尽成非。谁道兴亡命数、岂人为。

2018 年 10 月 9 日

菩萨蛮·西域走廊风情

　　祁连雪掩唐城塔，流沙古道征鞍跨。塔尔寺佛音，玉关城角墩。　　走廊新桂月，丝路欧亚接。大漠展飞鸿，沙舞柳峡红。

2018 年 10 月 16 日

采桑子·铁桥踏波

写在港珠澳大桥开通剪彩的日子。

港珠澳海湾连手，海浪滔天。龙息深渊，百里风光映眼前。　　长虹卧彩三城灿，一览三观。世界新篇，银练放飞一坦川。

2018 年 10 月 24 日

忆 黄 山

三友喜聚共一游，缘何不见松柏图。
梅菊向竹低声语，松上黄山作大夫。

2018 年 10 月 29 日

望江南·武汉吟（五首）

站在武汉高楼上，细思人生的道路还是要靠自己踏着坚实的脚步，向前！向前！

花落尽，垂柳岸边飘。闲梦千帆江面过，夜船推桨雨飘潇。江上看长桥。

楼中寝，弦月下帘旌。梦见今生多少事，桃花柳絮涌江城。离榻踏今生。

2018 年 10 月 30 日

江城好，柏柳大河湾。一水大江分南北，通衢九省瞬时间，万顷绿家园。

闻笑语，朝暮大江边。两岸楼峰高百丈，千年浪涌载舟船。奇鸟①跃蓝天。

2019 年 1 月 2 日

———————

① 奇鸟，指九头鸟，传说古有九头鸟，有"天上九头鸟，地上湖北佬"之说，此处借指武汉。

江南柳，四月拂城街。六渡桥街珠列展，知莺飞绕晴川台。汉水奔江来。

2019 年 4 月 17 日

游哈密烽火台 (二首)

前往哈密东天山沁城途中，汉、明代烽燧遗址立于路旁。虽被岁月风蚀，但傲骨之风令人遐想起敬。

拔地狂风卷大漠，遥远狼烟百战多。
塞外赤子埋忠骨，代代续唱戍边歌。

当年烽烟随云飞，烽火台前斩匈威。
戍边旌旗今又在，且看兵地壮西陲。

2018 年 11 月 6 日

一剪梅·武汉的春天

武汉江城美似春。光照窗莹，胸润清神。琼楼两岸碧遥空。仁静龟蛇，桥跨江津。　　画意诗情特大城。通江通海，南北车分。元春未到雪飞迎。一剪梅枝，松柏欣欣。

2018 年 11 月 30 日

和亦之莫高窟诗六组

汉武边拓立敦煌，敦大煌盛纳万邦。
莫高宝窟惊寰宇，丝路花雨焕佛光。
华夏千载雄风烈，九霄飞天国梦翔。
携侣同行探踪影，龙行天下引凤凰。

2018 年 12 月 4 日

蓝天飞过

　　从哈密伊州乘机两个半小时到北京，快得不可想象。现代交通工具给人们的工作和生活带来多么快乐美好的享受啊！

几度南飞又北翔，惯看舷外景苍茫。
气推云彩浮长翼，携侣晴空越大荒。
乘务安全示警意，笑容满面掩行藏。
同机来往八方客，各赴生涯暂共航。

2018 年 12 月 20 日于北京

临江仙·遥望燕山

　　几次来京时荏苒，长城再度遨游。纤云屡过垛墙头。居庸关上月，映照几春秋？　　砚海调锋翻墨韵，诗思凝满京都。此行不为竞风流。燕山霜雪里，春意寓神州。

2018 年 12 月 21 日

临江仙·京城感怀

曾是帝王居寝地，韶光雄丽无边。古城演绎几千年。明清华构在，千古史如烟。　　明启清承增世厚，气凌高阁威严。时临冬至落霞寒。风华凝古阁，寒水共云天。

2018 年 12 月 22 日

忆旧游·江汉关前联想

望大江安在，万里波涛，点点舟帆。往古江头事，忆孙刘联手，鲁肃梭穿。更凭亮瑜谋策，攻火破连环。揽胜尔操空，火烧赤壁，逸趣千年。　　今看，在江岸，浪花还飞溅，一往无前。晓云迎高厦，夕阳鸥唱晚，群戏空悬。大江永奔东去，轻雾起澜烟。又极目苍穹，情思同我飞浩天。

2018 年 12 月 28 日

水调歌头·驾车缓行在武汉长江二桥上看江情有感

楚地旧时月，还照古江城。芸芸船系两岸，风拂结微冰。楼阁平台高耸，思绪故江春色，仰望满天星。船舶夜来静，船佬起鼾声。　　凝眸望，北南岸，满江情。九桥横跨，犹见波与雾相凝。忘却一身倦意，且醉此时寒月，天地水云平。浩瀚江万里，长笛两三声。

2018 年 12 月 29 日

渔歌子·伴友人游赛里木湖 (二首)

高域蓝天映湖光，雪峰倒映鱼鹰翔。风解语，漫山岗，如茵绿草马缰扬。

听得毡房拳令扬，哈达捧起白云祥。天远阔，地为床，托将烧烤伴香馕。

2019 年 1 月 24 日

361

梅 报 春

——网传武汉东湖梅园联想

正月晴和气象新，花开闹市惹游人。
纷纷踏至骚情客，满目梅花报早春。

2019 年 2 月 27 日

关 中 行

自古长安帝位尊，秦汉隋唐载风情。
分流泾渭阔荒野，独上华山赋壮吟。
九曲黄河风陵渡，一门函谷紫烟凝。
预邀知己酒斟醉，折柳灞亭赶路程。

2019 年 3 月 2 日

一剪梅·与友人游东坡赤壁有感

　　看亚金学友执领诸同学新装登阁的视频好生感慨，即兴表演一下，了不落伍之心。大江东去，当一个人可以与历史对话的时候，他已经不是活在当下。当苏轼走在黄州赤壁当年三国打仗的地方，才会生出"大江东去，浪淘尽，千古风流人物"的绝唱。

　　千古风流赤壁情。花也清新，草也青青。东坡阁上步轻轻。二赋堂中，千载留声。　　一草一花别有情。历代豪雄，竞逐难醒。当年赤壁立江津。且看而今，水隔州城。

2019 年 4 月 29 日

七月炎夏游青海

炎夏之时赴青海，率真学友乐高歌。
塔儿寺承喇嘛教，日月山流倒淌河①。
树老榆枫千岁久，湖名青海鳇鱼多。
邀来嘉客青稞酒，游历高原共咏哦。

2019 年 7 月 6 日

临江仙·登兰州白塔山望河楼

昨日欣然登白塔，无言独对深秋。黄河翻涌激飞鸥。晨来观紫雾，胜景美中收。　　高阁横空依旧好，千年阅尽王侯。栏杆拍遍看吴钩。几番沧海梦，尽向水云游。

2019 年 11 月 2 日

---

① 当年文成公主赴西藏成亲时在日月山挡嫁，倒淌河河水西流。

踏莎行·奎屯福海的冬天写怀

　　一路风尘，晴空寒势。游人自有游人喜。客怀幸自远方来，随风好景催归意。　　萋草平沙，柳衰万里。忘机滩上飞鸥起。平湖却也慰人心，孤帆不怨波涛戏。

2019 年 11 月 17 日

清平乐·登山有感

　　吾侪渐老，白发知多少？桃李春风浑过了，任享夕阳辉照。　　江南塞北无尘，老夫恰似闲云。暗恋青山峰去，青山依旧云腾。

2019 年 12 月 11 日

踏莎行·海南感赋

　　海岛琼州，游商云集。蔚蓝碧海今超昔。港湾争秀起宏图，车流如织燕梭急。　　南海扬波，舰船雄疾。联防琼岛如临敌。休闲尽揽海疆天，声声吟诵东风力。

2020 年 3 月 6 日

天山庙里留汉魂

天山耸云里，高下入眼明。
峭壁山松翠，草原绿野荣。
庙堂阅千古，班超列汉魂。
犹记大汉史，松下听涛声。

2020 年 4 月 22 日

赤　壁

依然形胜扼荆襄，赤壁临江故垒长。
魏蜀横戈争逐鹿，大江东去显周郎。
隆中对策分三国，壮士挥戈战几场？
今日重寻陈史迹，火烧赤壁甲盔殃。

2020 年 6 月 16 日

渔家傲·放歌大江东去

每梦江汉交汇处，龟蛇欲静江风舞。黄鹤楼中听夏雨。西望去，大江不尽情如故。　　庚子惊春三镇苦，江涛涌动哀声语。众志成城将鼎举。鄂欲鬻，江天红日升寰宇。

2020 年 6 月 17 日

鹧鸪天 · 晚游火箭农场花圃

　　远山呼唤晓梦沉，千苗百卉养心身。欲知到访客多少，但看轿车园圃陈。　　兴自遣，乐音轻，一行嘉客合同吟。芍花宜带斜阳看，风爽花园景爽神。

2020 年 7 月 4 日

忆登黄鹤楼

　　龟蛇对峙越千舟，更有江南第一楼。
　　黄鹤仙人游四海，楚天极目韵千秋。
　　崔诗先手晴川树，太白望叹鹦鹉洲。
　　登顶倚楼收眼底，大江东去势长流。

2020 年 10 月 12 日

访圆明园遗址

久矣名园怅寂寥，香山与子观园焦。
暮春初夏风高爽，紫竹摇光海北娇。
桧柏满园临水绿，游舟泛景逐新潮。
清波涌动仍含泪，可恨联军掠夺烧。

2021 年 5 月 1 日

清辉依旧

五一遨游意未沉，返乘漫道觅余春。
云横秦岭京城远，风拂关河草木新。
但使盈樽常醉客，何烦大佛指迷津。
诗人笔下天山月，一样清辉照古今。

2021 年 5 月 6 日

西江月·逛京城有感

　　古色华章宫殿，青砖徽瓦街坊。长安街侧大会堂，指引前行方向。　　金水桥边绿水，民族团结红墙。晨曦一露国旗扬，华夏振兴气象。

2021 年 5 月 15 日

清平乐·游巴里坤海子沿湖

　　湖静云灿，山水秋光恋。草海荡舟如我愿，笑入芦花深甸。　　湖面软设跳桥，游客撒饵高抛。鸥鹭盘旋歌舞，伴我尽享秋饶。

2021 年 9 月 15 日

乘 车 行

一夜西京至，关中麦已青。
清晨雾霭霭，秦川树凝凝。
平地起高铁，农庄飞鸟莺。
横看窗外景，耳畔听羌声。

2021 年 11 月 15 日

路过张掖大佛寺

车经古寺欲参禅，尘事纷纭竟失缘。
闲静还应依执着，圆通其实赖心安。
行边先正心头路，常念头悬三尺观。
若向青冥求所悟，机锋更在水云间。

2022 年 1 月 6 日

水调歌头·梦黄山浅赋

　　黄山五百里，南皖半边天。奇松惊石云海，险道壁崖攀。松秀千年迎客，一览众山峰小，妙景出云端。黄帝修身地，游历入桃源。　　白练飞，彩池碧，世间仙。盛生黟木，唐帝信道改黄山。七十老翁登道，二十余年崛起，华夏尽开颜。名盛扬天下，迎客广招贤。

2022 年 3 月 23 日

鹧鸪天·黄山一梦

　　笺约暮年赴江淮，斜晖脉脉见情怀。山清水秀松难老，鸟语花香鹤与偕。　　夕阳影，彩霞排，心中萦梦画屏开。携朋攀越黄山上，壮丽人生向未来。

2022 年 5 月 9 日

卷八 缅怀纪念

清明心曲

清明将至天无雨，路上行人车拥行。
祭祀仙尊归故里，饮泉思本代传承。
介山古意遗真迹，黄纸青烟带至情。
祖辈高堂良善意，诗书礼义传来人。

2018 年 4 月 2 日

小桃红·适逢母节我悲歌

适逢母节我悲歌，慈母灯前坐。缝补叮咛梦惊破，月如梭。　夜深独自西疆卧。伤心自曲，跟前往事，满眼泪痕多。

2018 年 5 月 13 日

声声慢·父亲魂归宝月庵追忆父言

　　荒原戈壁，异域孤烟，残阳夕照风前。叩拜燃香，父亲节动心弦。如烟事如影幕，望遗容、珠泪涟涟。成养育，悟情深缘分，知父多难。　　宝月庵村归愿，伴祖灵旁侧，故地魂还。水绕松迎，黄花青艾情牵。犹闻父言在耳，务成才耕读唯贤。修德善，有儿孙、长继福安。

2018 年父亲节前

江城子·长忆屈子

　　灵均放后楚都亡。故园荒，役丁凉。际会风云，泪落湿衣裳。楚国凄凉萧瑟景，胸志在，岂神徨。　　空怀才思半迷茫。说诸王，更心伤。兴楚无缘，谁可话轻狂？空沐九歌穿万代，珍端午，致沧桑。

2018 年 6 月 27 日

国庆思主席

六十九年东方红，稳步走来中华雄。
万里江山图伟业，一番奋斗起飞龙。
京城昔日一挥手，烽火如今无影踪。
绿水青山开正道，强国还思毛泽东。

2018 年 9 月 29 日

忆秦娥·清明感恩

清明节，焚香祭祖思恩德。思恩德，年年如此，孝子
悲切。　　青烟一缕上苍泊，时光行客千秋月。千秋月阴
晴圆缺，魂断还说。

2019 年 4 月 1 日

雨霖铃·祭母

　　娘亲！您离我们而去已十一年了，作为您的儿子，我们对不起您！您辛苦一生养育我们，可我扪心自问，回家少，侍奉少，只顾在外折腾。我总是在想着您那倚门而立、目送我远行的慈意，挥手之时的情形告诉我："儿子，你放心去吧！"可是二〇〇七年农历八月二十五日，晴天霹雳！娘亲，您竟不与儿相商，遽然与世长辞！每年今天，儿心痛悲切，悔疚无极！再好的美食，再好的汉锦，再美的景致，还能膝前尽孝吗？故写这首《雨霖铃》以寄儿心。公元二〇一八年十月四日，您的儿子黄全华、董腾华叩上！

　　易水寒彻，呼天地裂，高堂一别。楼空人去声绝，母唤儿郎，伤心催发。思绪迷离泪泻，叮咛却凝噎。心滴血，千古哀歌，余载堆愁问明月。　　心中念念与谁说，更那般、悔疚如刀切。今宵借梦来诉，回首处、阴阳两隔。此世深恩，心血发肤，如何报得！纵使然，千种才华，怎道娘辞诀？

2018 年 10 月 4 日

蝶恋花·清明祭父母

心疚深恩无以报。敬果焚香，父母重霄笑。世事茫茫无以告，长存孝意碑文照。　　教诲谆谆时梦绕。坎坷人生，雨读勤耕窍。莫叹人生皆易老，长途接力儿孙晓。

2019 年 4 月 1 日

沁园春·清明祭黄帝陵

三月其时，正应阳春，节值清明。望江南北国，春风化雨，长河江水，浪卷波凌。壮秀山河，鸡形神俊，搏击云天展大鹏。黄陵道，见东方紫气，红日东升。　　古来家国亲情。同祭奠、中华第一陵。把一腔碧血，朝天铭誓，华夏儿女，尊祖为凭。指点江山，史书籍卷，不特求全不特赢。期有日，看青山绿水，共享文明。

2019 年 4 月 4 日

江城子·清明感怀

清明路上列车场。上山冈，孝贤郎。处处悲伤，屋瓦夜留霜。谁识阴阳相对语，奉祭食，意茫茫。　　俯身叩拜擦碑墙。扫清场，急烧香。昔日丘坟，四望暗心凉。忆使不来春也老，阴阳隔，断人肠。

2019 年 4 月 5 日

母亲节忆母

大树参天叶满庭，今日阳灿水清明。

游子成行终成意，珠露滴草更怀情。

满院炊烟闻燕语，半帘光照催蚕生。

人虽过甲谁称老，又听灶房母唤声。

2019 年 5 月 12 日

怀念屈原

敢学屈子问苍天，渔父沉江魂未还。
一世奔波随水去，满腔忧愤楚王前。
为强疆土君臣远，敢献忠心明月寒。
莫怨曲高和者寡，离骚修远万年传。

2019 年 5 月 28 日

满江红·重温《岳飞传》感怀

满目凝愁，终评说、乱了心结。迹载着，英灵千古，臣忠子烈。苍狗随风空浮去，玉蟾不朗宋时月。看岳武、炯炯耀乾坤，留清切。　　莫须有，君难雪。十二诏，匈难灭。恨奸佞，把玩得长城缺。八锤大闹朱仙镇，华章未表银瓶血。忠诚在、驾长车驱虏，保金阙！

2019 年 5 月 29 日

己亥端午

年年此日话离骚，百代承传结古交。
耕作闲时偷背诵，静思吟处躲尘嚣。
去愁独饮雄黄酒，避疫门悬蒲艾蒿。
悲悯行吟怎忘却，龙舟竞渡踏波涛。

2019 年 5 月 30 日

思 屈 子

读罢离骚咏楚辞，怀沙橘颂又抽思。
沉江渔父冲天问，湘水国殇亦自知。
河伯礼魂少司命，山河易帜楚王痴。
至今哀郢招魂日，湘鄂龙舟竞渡时。

2019 年 6 月 4 日

382

水调歌头·祭父亲

乘鹤廿余载，寿诞百周年。一路含辛茹苦，忍泪赴黄泉。勤起五更劳作，简朴节衣缩食，日夜理家园。邻里亲朋好，诚感父亲贤。　　呕心血，育子女，忙耕田。父严教诲铭刻，永远记心间。后辈持家尊道，对友忠诚守信，幸福应思源。走进新时代，致富更扬鞭。

2019 年 6 月 15 日

父亲节思亲

晴耕雨读继家声，吾父身姿常在心。
长忆叮咛天道事，有朝腾达莫忘根。

2020 年 6 月 21 日

383

重咏先生《过香溪昭君村》有感

昭君故里说纷纭，君到宝坪慰此生。

远眺峰峦皆秀色，静听溪水是琴声。

嫣珠洒落香流水，出塞幽歌恨别情。

慷慨和番弭战乱，长留高冢草凄青。

2019 年 8 月 18 日

参观成吉思汗陵

王陵威伟傲苍穹，金碧辉煌夺眼功。

几度开疆驰烈马，多年征战挽强弓。

草原朔漠归麾下，西亚东欧入掌中。

一代天骄可汗已，墓园千古幻迷空①。

2019 年 8 月 20 日

---

① 衣冠冢成陵位于鄂尔多斯市伊金霍洛旗境内。古时蒙古皇室实行密葬，成陵确切地点成千古之谜。历史上该陵曾经三次长途迁移，最后于 1954 年迁至现址，并新建宏伟壮观的寝园。

384

如梦令·祭江天甲恩师

试把课堂授语，付与青春诗句。欲问解疑人，却挽先生仙去。归去，归去，总把音容追忆！

2019 年 8 月 26 日

垂祭闻一多先生

滇南天上巨星陨，惨绝人寰大地悲。
一代诗人红烛影，千寻正气赤光辉。
浠川志士成英烈，圣地忠魂刻伟碑。
始信凛然摧腐朽，清泉垂祭泪花飞。

2019 年 9 月 8 日

清平乐·涿州结义

京畿南邑，俊杰无双地。结拜桃园千古义，壮士豪情常忆。　　峻嶒双塔岿然，长桥战马飞悬。昭烈楼桑盖地，桓侯庙柏擎天。

2019 年 9 月 11 日

祭 屈 原

大江南北粽飘香，谁为忠良意感伤？
又是屈夫蒙难日，汨罗江畔换朝纲。

2020 年 6 月 12 日

临江仙·端午龙舟赛

又是香粽端午节，江湖彩帜飘横。齐擂锣鼓动雷霆。沿堤人涌动，夹岸看龙争。　　溅起浪花飞似雪，何如击楫沧溟。波翻粽子怎传情？灵均辞韵在，不尽古今声。

2020 年 6 月 14 日

386

端午怀屈原

艾叶年年绿，汨罗不息流。
离骚耳边鼓，屈子谏歌留。
江海淌明月，忠魂醒大愁。
人民常纪念，均为伟人讴。

2020 年 6 月 18 日

行香子·端午

广场清晨，歌舞悠扬。话端午粽子飘香。楚魂长在，世代传扬。万户千门，屈夫祭，艾留芳。　　龙舟飞去，铿锵破浪，一声声挽歌流章。更多才俊，默语留腔。忠骨情浓，山河丽，更情长。

2020 年 6 月 20 日

诉衷情·清明

清明是一种情怀，只能无言，拾起岁月，蓦然，愈加清晰……

晓风残月步迢迢，觅冢远山腰。萋萋劲草横路，祭扫岂辞劳。　先酹酒，后悲聊，泪横交。怆然千里，拜谒双亲，情觐香烧。

2021 年 4 月 1 日

汉宫春·母亲节祭母

春已归还，纵枝头叶下，未见春幡。翻飞乳燕，天上竞逐余寒。苍原野草，破层土又绿庄园。声远近，街头巷陌，喧呼绿酒金盘。　从此东风爽笑，便家家和睦，礼孝尊贤。梦回萦绕难住，昔日容颜。时光荏苒，常忆慈母在人寰。心牵手，儿女在望，长空雁叫声还。

2021 年 5 月 9 日

端午勿忘屈大夫

守正人心道，护国把心操。
极目楚天远，悲愤恨难消。
君王实愚鲁，奸佞戏纲朝。
连横遭排斥，和寡因曲高。
濯足清涟水，渔父劝逍遥。
伤累岂为己，哀民罹兵刀。
强秦将破楚，山河日飘摇。
此身留无用，与石激波涛。
丹心向日月，诏告祭今朝。
屈夫神不朽，后继铭离骚。

2021 年 6 月 9 日

端午感念

——读《离骚》思屈原

读罢离骚感叹深，天公何不佑斯人。
被谗夫子遭流放，无奈忠臣痛自沉。
爱国诗人留芳著，怜君志士赋招魂。
鸿篇伟论撼胸臆，千古离骚励后昆。

2021 年 6 月 13 日

读亦之《祭父亲》

肤发源自父母，沧桑历尽由来。
思念人之固结，生死乐亦安然。

2021 年 9 月 6 日

临江仙·清明还祭

微雨斜风寻去，不邀同向青山。清明时节梦魂牵。淡烟飘拂远，祭祀念亲缘。　　还祭双亲灵在，常思教诲心间。但将耕读好承传。人生须立志，百事孝为先。

2022 年 4 月 1 日

鹧鸪天·端午祭

今日难品角粽香，菖蒲艾叶驱邪方。其修路漫而求索，未忘离骚叹国殇。　　渔父濯，屈原怆，疾忧恨满汨罗江。鼓声擂出龙舟渡，联挽忠魂寄世长。

2022 年 5 月 27 日

临江仙·端午吟

盛世和谐端午节，飘香艾草门悬。香囊垂挂在腰间。去灾除毒疫，万众享平安。　　龙舟竞渡争高跃，汨罗江鼓喧天。忠良代代世间传。楚辞千古颂，酹酒祭先贤。

2022 年 6 月 3 日

附：

江林军祝贺黄全华先生诗词选集付梓

江林军

耕读山河每有思，笔端神韵赋诗词。
龙腾九域官惊矣，命带三才自改之。
英撷当侯聚精气，书传后学仰人师。
灯窗守到博通后，誉在琼林酒在卮。

图书在版编目(CIP)数据

关西塞上踏歌声 / 黄全华著. -- 北京：中国文史
出版社，2024.1

ISBN 978-7-5205-4121-3

Ⅰ．①关… Ⅱ．①黄… Ⅲ．①诗词-作品集-中国-
当代 Ⅳ．①I227

中国国家版本馆 CIP 数据核字（2023）第 104833 号

责任编辑：牟国煜

出版发行	中国文史出版社
社　　址	北京市海淀区西八里庄路 69 号院　邮编：100142
电　　话	010-81136606　81136602　81136603（发行部）
传　　真	010-81136655
印　　装	北京新华印刷有限公司
经　　销	全国新华书店
开　　本	880×1230　1/32
印　　张	13.25　　插页：4
字　　数	290 千字
版　　次	2024 年 1 月第 1 版
印　　次	2024 年 1 月第 1 次印刷
定　　价	88.00 元